新　潮　文　庫

剣　　聖

―乱世に生きた五人の兵法者―

池波正太郎　津本陽
直木三十五　五味康祐　綱淵謙錠

目次

兵法流派系統図

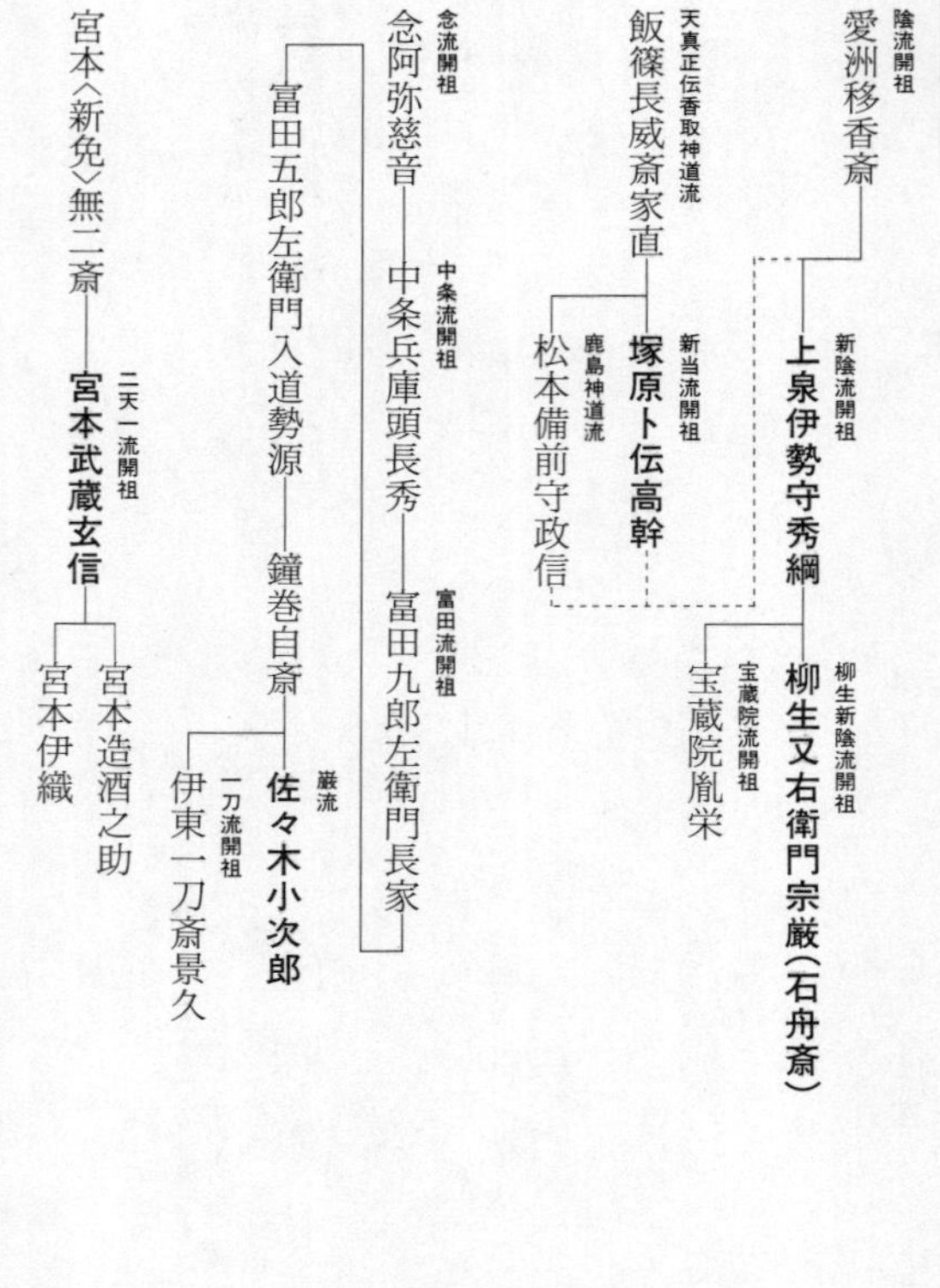
陰流開祖
愛洲移香斎
新陰流開祖
上泉伊勢守秀綱
柳生新陰流開祖
柳生又右衛門宗厳（石舟斎）
宝蔵院流開祖
宝蔵院胤栄
天真正伝香取神道流
飯篠長威斎家直
新当流開祖
塚原卜伝高幹
鹿島神道流
松本備前守政信
念流開祖
念阿弥慈音
中条流開祖
中条兵庫頭長秀
富田流開祖
富田九郎左衛門長家
富田五郎左衛門入道勢源
鐘巻自斎
巌流
佐々木小次郎
一刀流開祖
伊東一刀斎景久
宮本〈新免〉無二斎
二天一流開祖
宮本武蔵玄信
宮本造酒之助
宮本伊織

剣聖

――乱世に生きた五人の兵法者――

新陰流　上泉伊勢守

『上泉伊勢守』

池波正太郎

池波正太郎（１９２３〜１９９０）

本作は、昭和四十二年から「週刊朝日」に掲載された競作連載（他に司馬遼太郎、南條範夫らが執筆）「日本剣客伝」の一篇として、同年四月から六月にかけて掲載された。同競作をまとめた『日本剣客伝』が翌四十三年に朝日新聞社より上下巻で刊行され、五十七年に朝日文庫より文庫版が全五巻で刊行されている。収録にあたっては、『完本　池波正太郎大成　第二十六巻』（講談社）を底本とした。

箕輪の姫

一

あのときのことが、どのような勢《はず》みでそうなったものか……。

後年になっても、上泉伊勢守秀綱《かみいずみいせのかみひでつな》は、よくおもいうかべることができなかった。

気づいたときには、於富《おとみ》の鞭《むち》のように撓《しな》う肢体《したい》が自分のたくましい胸の下で恥じらいつつ、かすかにもだえてい、香油《こうゆ》をぬりこめてでもいるかとさえおもわれる照りをもった双腕《もろうで》が露出され、しっかりと、こちらのふとい頸《くび》すじを巻きしめていたのである。

(わしとしたことが……)

狼狽《ろうばい》し、伊勢守が、この十八歳の処女《おとめ》のからだからはなれようとするや、さらに於富の腕へちからがこもり、眼をかたく閉ざしたまま、於富は烈《はげ》しく頭《かぶり》をふった。

はなれることをこのまぬらしい。

於富は、二十歳も年長で武術の師でもある伊勢守の抱擁《ほうよう》が次なる段階へすすむことをのぞんでいる、と見てよい。

「於富……い、いかぬ」

「いえ、いいえ……お師匠さま……あ、小父《おじ》さま……」

上州・桂萱郷《かいがや》、上泉城・本丸の居館《やかた》の奥ふかい一室であった。

この二年の間、於富は年に数度、父・長野業政《ながのなりまさ》の居城である箕輪《みのわ》から上泉伊勢守のもとへ武術の修行に来ており、そのたびに約一ヵ月ほどを滞留《たいりゅう》する。

於富の姉・正子《せいこ》も伊勢守の愛弟子《まなでし》であったが、彼女は五年前の天文九年に、同じ上州の国峰《くにみね》城主・小幡信貞《おばたのぶさだ》の妻となっていた。

正子に手ほどきをしたのはわずかの間であったが、進境いちじるしく、

「次のむすめもたのみ入る」

長野業政の懇望《こんもう》で、於富をもひきうけることになった。家来たちにまもられ、古風にかずきうちかけをつけた市女笠《いちめがさ》をかぶって上泉城へあらわれた於富は、まだあぶらくさい少女で、むっくりと肥《こ》えていたものだが、剣と薙刀《なぎなた》を主としたきびしい修行に

たえぬいた二年がすぎると、

「なんとまあ、お肌のどこもかしこもが、ぬめやかにお美しゅうなられましたことか……」

「あの、ぬれぬれとした双眸《おめ》に見つめられると女のわたくしどもでさえ、胸が高鳴ってまいりますもの」

城内の侍女たちも嘆声をもらすほどになった。

姉の正子は父・業政ゆずりのいかついい容貌《ようぼう》のくせに矮小《わいしょう》なからだつきで、彼女を妻にした小幡信貞は初夜が明けるや、老臣の入江《いりえ》内膳《ないぜん》へ、

「あのような醜女《しこめ》を見たこともないわ。その上、どこもかしこも小さく細く、なにやら玩具《てあそび》をあつこうているようで味気もないぞ」

と、もらしたそうな。

その姉とちがい、美しく成長したのは、於富が上州きっての美女とうたわれた亡母に似ていたからであろう。

春から秋にかけて、ほとんど隔月に、於富は箕輪と上泉の両城を往復した。

赤城《あかぎ》山の南麓《なんろく》にある上泉城と、榛名《はるな》山麓の箕輪城とは利根川をはさんで約四里の行程であった。

上泉伊勢守は、上泉城の西方一里余のところにある大胡《おおご》に本城をかまえる武将なのだが、ここへは重臣の五代又左衛門《ごだいまたざえもん》を置き、自分は生れ育った上泉の居館でわずかな侍臣と共に暮すのを好んでいた。

ちなみにのべると……。

伊勢守は又左衛門の女《むすめ》・小松を妻に迎え、長男・常陸介秀胤《ひたちのすけひでたね》をもうけたが、小松は八年前に病歿《びょうぼつ》している。

今年、天文十四年で十六歳になった秀胤は大胡の城に常住し、重臣でもあり祖父でもある五代又左衛門により、次代の城主としての訓育《くんいく》をうけているのだ。

あるとき、於富が、

「伊勢守さまは、なぜに常陸介さまへ剣法をおさずけになりませぬのか？」

問うや、伊勢守は、

「秀胤《あれ》は、五代の祖父になにごとも教えられたがよいのだ。人がものごとをつたえのこし、人がこれをうけつぐということは、両者の呼吸が合一《ごういつ》せねばなにも実りはせぬ。私もまた、わが剣をかれに教えつたえる心はない」

と、こたえた。

それでいて父子の情はこまやかであり、秀胤は夏の雷雨にも玄冬《げんとう》の風雪にもめげず、かならず毎日、上泉の居館へあらわれて伊勢守へのあいさつをおこたらぬのである。

このような息子をもつ三十八歳の上泉伊勢守が、わがむすめのような於富と愛をかわし合ったことについては、妻をうしなったのち側妾《そばめ》もおかずにすごしてきた男の血が、単に燃えあがったのだとのみいいきれぬものがあった。

於富が、箕輪の城の親しい侍女たちに、

「いずこへ嫁《とつ》ごうとも、それは父上のおこころのままなれど、伊勢守さまのような御方にめぐりあえたらよいのだけれど……」

もらしたことがある。

侍女たちも同感であった。

六尺ゆたかな威風堂々《いふうどうどう》たる体躯《たいく》は三十年にわたる剣法の修行にきたえぬかれ、その挙措《きよそ》進退の一点の隙《すき》もない美しさを、

「まこと、舞の名人を見るおもいがいたしまするな」

と、これは於富の亡母が長野業政に語ったほどであるし、さらに、

「伊勢守さま……わがお師匠さまのお顔を見ていると、まっ白な山雪にきよめられた赤城のお社《やしろ》の杉木立をおもい出します」

と、於富が評したほどの顔貌《がんぼう》をそなえている上泉伊勢守であり、一子・秀胤もなか

なかの美少年なのである。

このような於富の思慕《しぼ》は、師へ対するそれから一個の男へのそれへ変っていったものと思われる。

あの夏の一日……。

例によって早朝の修練がすむや、共に食事をし、

「では、ゆるりとせよ」

伊勢守は、これも習慣になっている言葉をかける。これを機《しお》に於富は自室へもどり、半刻《はんとき》後に昼のねむりへ入ることになっていた。男の躰《からだ》をきたえるのとちがい、女子《おなご》の肉体へ武術を植えつけるには、よほどの考慮が要《い》る、というのが伊勢守の持論であった。

「心身は二にして一であるゆえ、女子のこころをもからだをも粗暴にあつこうてはならぬ」

現代より四百二十年もむかしのそのころは、あの応仁の乱以来、八十年もの間つづきにつづく戦乱が日本諸国へひろがり、小勢力同士の戦闘が次第に大勢力にふくみこまれつつあった時代《とき》で、武人の家に生まれた女は、女であるからといって、この戦乱から逃げるわけにはゆかぬ。

女として、妻として、それゆえにこそ武術による肉体の鍛錬《たんれん》が必要であったことは、以後の正子・於富の姉妹の一生が、よくこれをものがたるであろう。

その日の午後になり、伊勢守は上泉家の菩提寺《ぼだいじ》である西林寺をたずねようとして居室の外廊下へ出た。

西林寺は、この城の三の丸外の濠《ほり》をわたって曲輪《くるわ》内に在《あ》る。

住職の虎山一峰和尚《こざんいっぽうおしょう》は九十をこえて尚《なお》、矍鑠《かくしゃく》たるものがあり、少年のころからわが手にかけて文事・古学を教えた伊勢守の来訪をなによりもたのしみにしている。

廊下へ出た伊勢守の眼前を一羽の紋白蝶《もんしろちょう》がはらはらとたゆたいつつ、於富の部屋へ舞いこんでいった。

「於富。白蝶が……」

にこやかによびかけながら、伊勢守がためらうことなく、その部屋へ入ったのは、すでに於富が目ざめていると思っていたからだ。

だが、於富はねむっていた。

侍女もつきそわぬ気やすすげな上泉の居館ぐらしが彼女の気に入っている。

夏の、目眩《めくる》めくような陽光が小窓の向うに光っていた。

庇《ひさし》のふかい小間《こま》だけに冷《ひ》んやりとほの暗く、蝶の白さが於富の肢体へまつわるようにゆれている。

（愛らしい……）

と、於富の寝姿を見て、すぐに伊勢守は身を返そうとした。

於富が眼をひらき、突然に、こちらを見たのはこの瞬間であった。

「目ざめたか……」

「………」

互いの視線が空間に凝結《ぎょうけつ》した。

そして……。

伊勢守は於富の眸子《ぼうし》が発するなにものかにひきこまれ……というよりも、それにこたえ、うしろ手に廊下への戸をしめていたのである。

二

その夜から、伊勢守は大胡の本城へおもむき、三日をすごして上泉へもどって来た。

「於富は箕輪へ帰ったか？」

侍臣へ問うと、

「まだお帰りにはなりませぬ」

とのことだ。

伊勢守は於富に顔を合せず「たれも入れるな」と命じ、居室へ引きこもった。

於富が伊勢守の寝所へあらわれたのは、この夜ふけであった。

愕然《がくぜん》としたが、ついに抗しきれぬ。

新鮮な桃の果肉のような於富の肢体は、三日前のあのときのように、まだふるえつづけていたが、ひしとすがりついてくる情熱にはひたむきなものがこもっている。

そして、次の夜も……。

「私が妻になってくれるのか？」

いまや伊勢守も真摯《しんし》な愛撫《あいぶ》をくわえつつ、ささやくと、おもくたれこめている夏の夜の闇の中で於富はゆるやかに頭をふって見せた。

妻になることを拒否しているらしい。

では、十八の処女がたわむれにしたことなのか……。

凝然となった伊勢守へ、

「小父さま……大胡の小父さま……」

と、於富は少女のころから呼びなれた言葉をあえぎもらしつつ、全身を伊勢守の躰の中へもみこむようにすりよせてきた。

翌早朝、於富は迎えに来た箕輪の家来たちにまもられ、上泉を去った。

(このままにしておいてよいのか……)

於富が去ってのち、伊勢守秀綱の胸底《きょうてい》には思いもかけなかった情念が燃えはじめている。

(於富なら自分の妻にしても……)

であった。

年齢の差はともかく、伊勢守が長野業政のむすめを迎えることには、いささかの不自然もない。

長野業政は、関東管領《かんれい》・上杉憲政《のりまさ》の麾下《きか》に入っており、上泉伊勢守も長野家に属している。

「何よりも先《ま》ず、われらにとってちからとたのむは、伊勢守殿じゃ」

業政の、これが口癖《くちぐせ》なのである。

上野国《こうずけのくに》の黄斑《こうはん》(虎)とよばれた長野業政の勢力は上州一帯におよんでおり、武門としての規模も兵力も上泉家としては遠くおよばぬが、当主・伊勢守の武勇と共に、剣士としての名声はようやく天下にひろまりつつあった。

業政が伊勢守をたのむことを知らぬものはない。

だが、於富は伊勢守の求婚に対して、なぜ頭をふったのであろうか。

（わからぬ……）

放心の日々がながれてゆき、夏は去ろうとしていた。

上州は春と秋がない国といわれる。

蒸し暑い夏がすぎると、急に烈風が吹きつのる明け暮れがつづき、一気に冬へ突入するのだ。

箕輪城からの使者が、於富の婚儀《こんぎ》がととのったことを知らせに上泉へあらわれたのはこのころである。

於富は、姉正子の夫・小幡信貞の従弟《いとこ》にあたる図書之介《ずしょのすけ》景純《かげずみ》の妻として、国峰の城へ入るのだという。

伊勢守は、使者にきいた。

「この婚儀については、私も耳にしたことがない。急に、ととのえられたものか？」

「はい。われら家臣一同にとりましても、急のことにて……箕輪では仕度に大童《おおわらわ》にござります」

「さもあろう」

深沈《しんちん》たる伊勢守の表情が、急にゆるみ、柔和《にゅうわ》な微笑が面上にうきあがった。

「於富どのも姉上と共にくらすことになるわけじゃな。これは、さぞ心強いことであろう。めでたいことだ」

「いかさま」

小幡図書之介に会ったこともない伊勢守であったが、その武名のなみなみでないことや、従兄の国峰城主・小幡信貞をたすけてのはたらきぶりから察すると、於富の夫としては先ず申し分はあるまい。

だが伊勢守は、別のことを考えていた。

それは於富を国峰へ嫁がせた長野業政の胸底にひそむものをさぐりとろうとしていたのである。

伊勢守は、ただちに大胡の城から家臣の疋田《ひきた》文五郎《ぶんごろう》をよびよせ、祝賀の使者として箕輪へ送った。

文五郎は加賀の豪族・疋田景範《かげのり》のもとへ嫁いだ伊勢守の姉が生んだ子で、早くから伊勢守に引きとられ、家臣の列に加わると共に剣法をまなび、後年、新陰流《しんかげりゅう》の神髄《しんずい》を会得《えとく》するに至る。

翌日の午後になり、疋田文五郎が箕輪の家来たちと共に於富へしたがい、上泉へもどって来た。

「ながい間、あつき御教えをたまわり、ありがとうございました。於富は、この二年の月日をしかと胸にきざみつけて、国峰へまいりまする」

晴れ晴れとしているというよりも、於富は凜々《りり》しげに、くもりなく眉《まゆ》をひらき、

「もはや、こころ残りはござりませぬ」

と、伊勢守を見つめて、いいはなった。

この瞬間に、伊勢守はすべてを了解した。

国峰へ嫁ぐことを知ったとき、於富が伊勢守へ向けた慕情は、何らかのかたちをとらなくてはおさまらなくなっていたのであろう。むろん、この婚儀は父・業政の政略から出たことであり、十八歳の於富は男子にも負けぬ意欲をもって父のため、長野家のためにはたらこうと決意している。

伊勢守は疋田文五郎を居室によんだ。

とっぷりと水にひたした一枚の檀紙《だんし》を細長く四つにたたみ、この両端を文五郎に持たせ、

「ひたいにつけよ」

と、いった。

「箕輪の姫よ。ようごらんあれ」

太刀をつかみ、伊勢守は約二間《にけん》をへだてて文五郎に向き合い、しずかに抜刀《ばっとう》した。

於富は活《かっ》と両眼をみひらき、師を見まもった。

伊勢守は白刃をひっさげたまま、呼吸をととのえる。

たちまちに没入したと見え、するすると文五郎へ近寄った。

於富の眼からは……。

伊勢守が太刀をふりかざし、これを打ちこんだ動作は、むしろ緩慢《かんまん》であり、鈍重《どんじゅう》にさえ見えた。

室内の空気は、まったくゆれうごかぬ。

伊勢守が刀身を鞘《さや》へおさめたとき、文五郎が、おのれのひたいに密着していたぬれ紙を外《はず》した。

ぬれ紙は、ななめ二つに断ち切られ、文五郎のひたいには微少の傷さえもなかった。

襲　撃

一

居室を出て行く疋田文五郎をよびとめた於富が、両断された檀紙をうけとり、

「伊勢守さま。これをいただきましても、よろしゅうございましょうか?」

「何とするぞ?」

「わたくしのお守りに」

「かまわぬ」

「かたじけのう存じまする」

「於富」

と、上泉伊勢守は戸を開けはなち、澄みわたった秋の空を指しつつ、

「神を忘るな」

いい終えたとき、空を指したゆびは地を指し示していた。これは〔天と地〕すなわち〔自然の摂理《せつり》〕を忘れるな、と、いったのである。

人間という生きものが、世に生まれ出たことへの神秘を忘れるなといったのである。

於富も、おごそかにこれへ答礼をおこない、別れのあいさつをかわして外廊下へ出たが、送って出た伊勢守へふりむくと、

「上泉の小父さま……」

一種異様なほほえみを口辺《こうへん》にうかべ、つ、つと寄りそってきた。

あたりに人影はない。

風が空に鳴っていた。

伊勢守を愕然《がくぜん》とさせた於富の声は、このときに発せられた。

於富は、こうささやいたのである。

「小父さま。わたくしは間もなく国峰へ嫁《とつ》ぎ、来年の夏が来るころ、子《やや》を生みまする。それが男の子か女の子か知れませせぬなれど……なれど、そのお子は、小父さまのお子にございまする」

声もなく立ちつくす伊勢守を見返りもせず、於富は去った。

この年の十月十一日、於富は国峰の小幡図書之介のもとへ嫁入った。

国峰の城は、箕輪の南方約七里。関東山地の北端にある堅城であった。

花嫁の於富をまもって国峰へすすむ行列には、上泉伊勢守の代理として重臣・滝窪《たきくぼ》瀬《せ》兵衛《ひょうえ》が騎士十名をしたがえて加わった。

滝窪瀬兵衛は、上泉へ帰るや、ただちに伊勢守の居館《やかた》へあらわれ、

「於富様より、ことづかりました品にござります」

古風な薄手の唐櫃《からびつ》を差し出した。

ひらいて見ると、中には、濃紫の小袖《こそで》、黒の袴《はかま》が白絹につつまれ、おさめられてい

た。

ひと目で、於富が丹精《たんせい》をこめて縫いあげたものと知れた。

こうして於富の恋は、父の命による政略結婚により絶ち切られたわけなのだが……

だからといって、戦国の女の宿命の悲しさだけを強調すべきではあるまい。

この時代のはなしに――自分の夫を殺した武士の首をねらって敵討《かたきう》ちの旅に出た女が、その相手に刃をつけたとき、敵のいさぎよい男らしい態度に魅了《みりよう》され、ついに夫婦となり、その女の変心を怒って押しよせた亡夫の親類たちを迎えて夫婦ともどもに闘い、女は左腕を断《た》ち切られたが、逃げのびて以後は幸福に暮したというのがある。

武門にある男も女も、燃えたぎる心身を戦乱の世にうちつけ、熱火のような一生を送っていたのだ。

「小幡図書之介の妻となれ」

と、父・長野業政からいわれたとき、於富は一も二もなく、承知をした。

男どもに退《ひ》けをとらず、父のため、家と領国のためにはたらこうという決意があったからだ。

上州・平井には、管領・上杉憲政の居城があり、ここが関東一帯の政治を総管する上杉家の本拠《ほんきよ》となっていた。

この役目は、上杉家が足利《あしかが》将軍の命をうけて任じているものだが、肝心《かんじん》の将軍が、うちつづく戦火にもみぬかれてちからおとろえ、現足利十二代将軍・義晴《よしはる》は、細川や三好など大名たちの争乱にまきこまれ、ろくろく京の都に腰を落ちつけてもいられず、諸国を逃げまわっていて名ばかりの将軍にすぎぬ。

だから、関東管領も名のみのことで、名門・上杉家も本派・分派が入りみだれて争いをかさねたあげく、さらに諸方に擡頭《たいとう》する戦国大名の圧迫と闘わねばならない。

関東の政治をおこなうどころのさわぎではないのだ。

甲斐には、強兵無比をほこる武田氏がいる。

越後には、強豪・長尾氏があって、これもいずれは関東進出をめざすにちがいない。

しかし、もっとも恐るべき当面の敵は小田原城の北条氏康《うじやす》であった。

かの北条早雲が関東を席捲《せっけん》して小田原へ城をかまえてから五十年ほどになるが、この戦国大名の関東制圧は一つの悲願であったといえるだけに、その侵略《しんりゃく》ぶりのすさまじさには、関東管領も、

「どうにか、ならぬものか……」

音《ね》をあげざるを得なくなってきている。

上杉憲政が管領職の名をもちこたえてゆけるのも、むかしから臣従《しんじゅう》してくれている

長野業政に負《お》うところが多い。

このごろでは何事も、

「箕輪へはかれ」

というしまつであった。

それだけに長野業政も管領家の重臣として種々政略をめぐらさねばならぬわけで、わがむすめ二人《い》を国峰の小幡家へ嫁がせたのは、

(小幡をしかと、こなたへひきつけておかねばならぬ)

と、考えたからである。

国峰城は、管領本拠の平井城の西方わずか三里のところにあり、戦略上まことに重要なところであるばかりか、当主・小幡信貞ひきいる強兵は、万一、これを敵にまわしたら大変なことになる。

今度の於富の結婚によって、長野業政の心底が、あきらかになった。

伊勢守の妻が病歿《びょうぼっ》したとき、業政は老臣のひとりに、

「於富が成長したあかつきには、上泉へ嫁《や》ろうとおもう」

と、もらしたことがある。

その考えがいつか消え、彼女を国峰へ嫁がせたのは、小幡と上泉を秤《はかり》にかけ、小幡

の重みをさとったからにちがいない。

いまのところ、長女の正子を妻にした小幡信貞はすなおに岳父・業政にしたがい、上杉家へ忠誠をかたむけているのだが、尚もその上に次女を送って婚姻《こんいん》をふかめようというのだ。

(自分が長野業政であったら、やはりおなじことをしたろう)

と、上泉伊勢守はおもった。

同時に、

(業政公は、わが勢力の伸張《しんちょう》をはかるべく身をのり出されたようだ)

と、感じた。

四十をこえたばかりの長野業政の、刃金のように硬《かた》く鋭い体軀《たいく》や、魁偉《かいい》な顔貌《がんぼう》をおもいうかべるとき、それらの印象とはうらはらな、ものやさしげな細い声音《こわね》の底にどのような権謀《けんぼう》がひそんでいるものか、伊勢守はいつも興味ぶかくながめているのである。

翌天文十五年の初夏——。

国峰城にある於富は玉のような男子を産んだ。

幼名を千丸《せんまる》とよんだ。

だれの目が見ても、産月《うみづき》が早かったのだが、そもそも夫の小幡図書之介が、

「よい子じゃ。出かしたぞよ於富」

上機嫌なのだし、ふしぎに思った者も、図書之介と於富は婚礼前から通じ合っていたのだと納得《なつとく》をしたらしい。

月足らずで生まれる子もある。

そう信じこんでいた者も多かった。

「それにしては丈夫な子じゃそうな。先ずめでたい」

と、長野業政も大よろこびだったし、業政自身も、この年の春には側妾《そばめ》に男子を生ませている。

亡妻との間にもうけた長男・吉業《よしなり》が病弱なだけに、業政の歓喜《かんき》も烈《はげ》しく、

「これで箕輪の城も安泰《あんたい》じゃ。いや、このせがれどものために、わしは、もっと大きなものを遺《のこ》してやらねばなるまい」

意気さかんに、いいはなったという。

このころ、上州には束《つか》の間《ま》の平穏がもたらされていた。

上泉伊勢守は、この年の初夏から秋にかけて赤城の山へこもり、久しぶりに剣法の研鑽《けんさん》に没頭することを得た。

二

伊勢守の修行場は、大胡の本城から約二里半。赤城山の中腹、三夜沢《みよさわ》に近い山林の中にもうけられた。

若いころには、赤城山頂に近い鈴ヶ岳の洞窟《どうくつ》にこもって修行をしたこともあるが、近年は三夜沢の山林が心にかない、赤城山へ入るときは、きまってここへこもる。

このあたりは、大胡城のほとりをながれる荒砥《あらと》川の源流に近く、その渓流を見下す崖上に辛《かろ》うじて雨露をしのぐ丸太づくりの小屋をたてて、事情がゆるすだけの月日をすごすのである。

事情というのは、上泉伊勢守秀綱が流浪《るろう》の一剣士ではないということだ。

大胡の城主であり、数百の家来を抱え、自分の領地を治《おさ》めるという仕事があって、さらに、これら一切のものを護《まも》るために戦乱の世を生きねばならぬ〔宿命〕を背負《せお》っている。

「ゆえにこそ……」

と、亡《な》き父・上泉憲綱《のりつな》は伊勢守にいった。

「ゆえにこそ、剣をまなび、剣をみがくことによって心をみがかねばならぬ。剣の道は、神の姿を見ることを得る武人にとって唯一《ゆいいつ》の道なのじゃ」

上泉憲綱は兵法にも文筆にもすぐれ、みずから手をとって教えると共に、

「もはや、外へ出てもよかろう」

わが子が十五歳の春を迎えたとき、これを常陸《ひたち》の鹿島《かしま》へ送った。

かの鹿島七流の一人、松本備前守尚勝《びぜんのかみなおかつ》（政信）の教導は、少年の伊勢守秀綱にとって、もっとも大きな影響をあたえたといってよい。

松本備前守が、大永四年の秋に、旧主・鹿島義幹《よしもと》の軍を迎え撃ち、五十七歳の生涯を終えたとき、

「大胡の若（伊勢守）をたのむぞよ」

と、共に鹿島城をまもって戦った家老の一人、卜伝《ぼくでん》・塚原高幹《たかもと》へいいのこした。

松本備前守が伊勢守に属望《しょくぼう》することの、なみなみでなかったことが知れる。

このとき、伊勢守は十七歳であった。

伊勢守の初陣《ういじん》も、そのころである。

当時は関東一帯が麻のようにみだれ、豪族たちの争乱が絶えず、主家・上杉氏にしたがい、上泉父子もあわただしく出陣をくり返していたものだ。

戦って城へもどる。

そして、束の間の平穏がやって来ると、

「行け」

父のゆるしを得るや、伊勢守秀綱は馬を駈《か》って鹿島へ馳《は》せつけた。

鹿島の神宮に往古からつたわる武道の神髄《しんずい》は中興剣法の源流となり、多くの名人を生んだ。

いわば東国における武道の聖地である。

鹿島へ来れば、塚原高幹の教えをうけることもあった。

鹿島城士たちを相手に、三日三夜の立切《たちきり》試合を高幹から命ぜられたのも、このころである。

はじめは半日。

次に一昼夜。

一夜ねむった次の日から、入れ替り立ち替り襲いかかる城士たちの木太刀を相手に、三昼夜を休む間もなく闘わねばならぬ。

腰も下ろせぬ。

立ったままで一日に二度、ぬるい重湯をすすりこむだけであった。

日中、塚原高幹はねむってい、夜に入って城士たちが帰ると、入れかわってあらわ

れ、

「まいるぞ」

夜が明けるまで相手に立ち、伊勢守の骨の髄《ずい》が飛び散るかと思われるほどの猛烈な打ちこみをかけてくるのだ。

朝になると、また城士があらわれ、高幹とかわる。

場処は、鹿島神宮裏の森林の一角を切りひらいた野天の修行場である。

「激痛が何度も襲い、血尿《けつにょう》、血痰《けったん》を発して、口中も腫《は》れ上り、まさに分別《ふんべつ》も絶えんとするわけだが……」

と、伊勢守は、まだ国峰へ嫁ぐ前の於富に語ってきかせたこともある。

「なれど……三日目の夜が明けようとするとき、私の五体は、澄みわたった大気の中にとけこみ、筆にも言葉にもつくせぬ清らかな、得体《えたい》の知れぬ、大きなちからが体内の奥底から、こんこんとわき出《い》ずるのをおぼえた」

するとと於富は、

「伊勢守さま。わたしめにも立切の修行、いたさせて下さりませ」

と、せがんだものである。

こうした修行の段階は、剣法に禅の影響が加わって生まれたものであろう。

そして伊勢守は、第二の師・愛洲移香斎《あいすいこうさい》にめぐり会うことになる。

この八十に近い放浪の老名人によって、亡き松本備前守から受けた伊勢守の剣は開花したといってよい。

「恩師……」

孤独な立切修行の反復の合間には、

「わが、恩師よ……」

崖上の小さな草原にすわり、伊勢守は二人の恩師のおもかげを追うのである。

追憶《ついおく》ではない。

いま、自分がきわめつくさんとしている剣法の体系の中に、

(二人の恩師の生命《いのち》をふきこむのだ)

伊勢守にとって、二人の師や、亡き父・憲綱は死滅した、土中に埋もれた白骨ではない。

一の人の生命は、かならずや次代の人のいのちへうけつがれてゆくからである。

この森へ入ったときは、むせ返るような青葉の匂いにみちみちていたが、いまは吹きつのる山風が落葉を巻きあげ、これが雨のように渓流へ吸いこまれゆく。

たらした髪をむぞうさにむすび、麻の帷子《かたびら》と袴を身にまとっただけの伊勢守は、こ

の日も崖の淵に半眼をとじて趺坐《ふざ》したまま、身じろぎもせぬ。

背後の崖下には、荒砥川が岩壁にせばめられ、すさまじい声をあげている。

風に、雲がうごいている。

陽が蔭《かげ》った。

草原の向うの山林の中から、にじみ出たようにあらわれた二つの人影があった。

伊勢守は、まったく気づかぬかのように見えた。

二人は近づいて来た。

ともに屈強の旅の武士であった。

「上泉秀綱殿とお見うけ申す。それがしは讃岐《さぬき》の牢人《ろうにん》にて稲津《いなづ》孫作」

「それがしは土井《どい》甚四郎」

名のりをあげ、伊勢守の眼前二間のところまで来て、二人は片ひざをつき、

「一手、御指南《ごしなん》をたまわりたい」

押しころしたような声でいった。

伊勢守はうごかない。二人に視線をあたえようともせず、かさねてくちぐちにせまる牢人たちにこたえようともしない。

時がながれた。

一瞬、ちらと眼くばせをかわしたかと見えた牢人二人が、怪鳥《けちょう》のように飛び立った。大気を切り裂いた二すじの光芒《こうぼう》は、電光のごとく伊勢守秀綱の五体をつらぬいたかに見えた。

丁度このとき、食料をはこんで三夜沢の森へあらわれた疋田文五郎が伊勢守の小屋の前から、偶然にこの光景を見て、

(南無三《なむさん》……)

おもわず両眼を閉ざしたほどの、それは恐るべき襲撃であった。

戦乱

一

二人の剣士は、同時に殺到し、伊勢守の胸腔《きょうこう》をめがけて刺撃《しげき》したわけであるが……。

その転瞬。

趺坐したままの伊勢守秀綱の上体が、あおむけに地へ倒れた。

その頭上を躍《おど》りこえたかに見えた土井甚四郎と名のる剣士は、叫び声もあげず、吸

いこまれるように崖下の渓流へ落ちこんでいった。

「うおっ……」

すさまじい咆哮《ほうこう》をあげ、辛うじてふみとどまった稲津某が伊勢守の左側面へ飛び退《の》き、太刀をふりかぶった。

反転した伊勢守の手から紫電《しでん》が疾《はし》り、稲津の鳩尾《みずおち》へ突き立ったのはこのときである。

「う、うわ……」

稲津の体軀が烈しくゆれた。

伊勢守は片ひざを立てた姿勢で、しずかにこれを見まもったが、その右半面のこめかみのあたりから糸のように細い血のしたたりが見えた。

すべては瞬時のことで、小屋の前にいた疋田文五郎が両眼をひらいたとき、稲津某は、大刀を落し、鳩尾に突き立つおのれの小刀の柄《つか》をにぎりしめたまま、くずれ折れるように倒れかかっている。

二剣士の刺撃をかわしつつ、伊勢守は稲津の差しぞえの小刀をぬき奪《うば》ってい、反転するや、これを投げつけたものである。

「殿!!」

疋田文五郎は叫び、山道を走り下った。

伊勢守の視線が屹《きつ》とながれた。

文五郎を見たのではない。

草原をへだてた彼方《かなた》の山林の一点を凝視《ぎょうし》したのである。

と……。

「う……く、くく……」

苦悶《くもん》に顔をゆがめ、うなり声をあげながら稲津某は落ちた大刀をひろい、これを崖下へ放り捨てた。

伊勢守が稲津を見た。

稲津は鳩尾から小刀をぬきとり、これもまた崖下へ投げ捨てるや、がくりと地に伏した。おのれの武器を伊勢守へわたしたくないという一事を遂行《すいこう》するため、この男は息絶えんとして尚《なお》、最後の気力をふりしぼり、これだけのことをしたのであった。

上泉伊勢守が屹立《きつりつ》し、ふたたび山林を見たとき、その暗い木蔭の一点からすべり出した一個の人影が、風のように草原を突切り、伊勢守へ肉迫《にくはく》して来た。

一羽の鷲《わし》が鉛色の雲を割って降下し、草原の上を飛び去った。

新たな敵と、これを迎え撃った伊勢守が激突したのはこの一瞬である。

山道を駈け下って草原へ出た疋田文五郎は、激突し、次いで飛びちがった二人を見

て、

「うぬ!!」

大刀をぬきはらい、師の敵へ突進しようとした。

「待て!!」

はじめて、伊勢守秀綱がするどい声を発した。

「殿……」

「文五郎、うごくな」

「は……」

敵は、伊勢守と飛びちがい、崖縁《がけぶち》を背にして大剣をかまえていた。

剣の先端が、ほとんど地に接するほどの下段にかまえたその剣士の体軀は、伊勢守に毫《ごう》もおとらぬ堂々たるものである。

年齢《とし》のころは三十がらみと見えたが、身につけているものも立派で、山吹茶《やまぶきちゃ》の地色に黒蝶を散らした染織の小袖《こそで》も中国産の生糸をつかったはでやかなものだし、なぜか左眼をとじ、右眼を活《かっ》と見ひらいた剣士の風貌《ふうぼう》は、

「まさに、金剛神《こんごうじん》の彫像《ほりもの》を見るような……」

のちに、伊勢守をして嘆《たん》ぜしめたほどであった。

「うごくな」

たまりかねて身じろぎをしかけた文五郎へ、伊勢守が見返りもせずにいった。

どれほどの時がながれたろう。

雲は、まったく陽光をさえぎり、烈風が峰々をわたって吹きつけてきた。

剣士は太刀を下段につけたまま、左方へまわりはじめた。

伊勢守は位置を変えず、剣士のうごきにつれ、体《たい》をひらいてゆく。

剣士が崖の縁にそって、山林の末端へ行きついたとき、かたくかたく閉じている彼の左眼から血の粒《つぶ》がもりあがり、それがたらりと尾をひいて面上へつたわった。

剣士は山林へ消えこもうとして、落ちつきはらった一礼を伊勢守へ送り、

「十河《そごう》……」

と、名のった。

姓はきこえたが、名は風に飛び、伊勢守の耳へもとどかぬほどの低声であった。

十河某は、去った。

「殿……」

走り寄った疋田文五郎は、主《あるじ》の左肩先から鮮血がふき出しているのを見て狼狽をした。

「ひ、卑怯《ひきょう》な……」

片ひざをついた伊勢守を介抱《かいほう》しつつ、文五郎が叫んだ。

「いうな。あの者たちは卑怯ではない。上泉秀綱の修行の場と知ってのりこんで来たのじゃ。武芸者の修行の場は闘《たたか》いの場処である」

「は……」

「先の二名は名のりをかけて立合いを申し入れ、わしはこれにこたえた。こたえぬ以上、あの者たちの申し入れをうけたことになろう」

「はっ」

こたえつつ、文五郎は知った。

無刀の伊勢守が十河某と飛びちがいざま、敵の一刀に肩の肉を切裂かれるのと同時に、右の二指をもって相手の左眼を突き刺したことを……。

「恐るべき相手であった……」

伊勢守がつぶやいた。

「下段からのあの突き刀《かたな》は、中条流《ちゅうじょうりゅう》のものであるが……それのみではない。あの三名のうち、最後の一人がおそらく先の二人の師であろう。独自の発意《ほっい》による剣法であった」

「十河……と名のりましてござりますな」

「うむ……」

うなずいた伊勢守は沈黙し、何か想《おも》いめぐらす様子であったが、やがて、ふとい嘆息をもらし、

「文五郎よ……」

「はい」

「世はひろいな」

「は……？」

「われらの見知らぬすぐれた剣士が、どこにひそみ、いずこにかくれ住んでおることか……」

二

二年、三年と歳月がながれた。

諸国の戦乱は、激烈さを加えるばかりとなってくるが、上州の箕輪と大胡の両城をむすぶ一線は安泰であった。

これはむろん、箕輪城主・長野業政の威望と実力が大きかったわけだけれども、甲

斐の武田晴信《はるのぶ》（信玄）は、信濃攻略に全力をあげていたし、越後の長尾氏は、前代の長尾為景《ためかげ》の子、晴景《はるかげ》と景虎《かげとら》の兄弟があらそい、ついに弟の景虎が勝って家をつぎ、春日山《かすがやま》城主となったばかりで、他国よりも自国の経営に熱中していたから、

「いまのところは、北条軍の攻勢になやまされる上杉管領《かんれい》家をたすけておればよい」

と、長野業政は来たるべき関東進出にそなえて兵力をたくわえ、軍備をととのえることに意をつくしていたのである。

上泉伊勢守も長野の麾下《きか》にあることだから、ここ数年は、思うままに武術への研鑽《けんさん》にひたりこむことができた。

伊勢守についてはさておき、この間における疋田文五郎の進境はめざましいものがあったという。

国峰城にいる於富も、その子の千丸も元気で、小幡図書之介との間も、

「まこと、家来や侍女たちが面《おもて》をあからめるほど……」

それほどに、夫婦仲がよいとのうわさが伊勢守の耳へもきこえてきた。

（なれど、千丸は、まことにわしの子なのか……？）

時折ふっと、伊勢守はその一事をおもう。

しかし、於富は国峰へ嫁《とつ》いでから、まるで伊勢守を忘れはてたかのように一通のた

よりもよこさぬし、まして図書之介との仲が濃密《のうみつ》になるばかりというのでは、図書之介としても、千丸を我子とおもいこんでいると見てよい。

(あの小むすめに、わしとしたことが……)

伊勢守は、そこへ考えおよぶとき、たのしげな苦笑をうかべてみることもあった。

また、三年を経た。

上泉伊勢守秀綱も四十半ばの年齢となった。

このころから、上州の様相も、にわかに急迫をしてくる。

先ず第一に、長野、上泉の両家が主柱としている関東管領・上杉憲政が、北条氏康の圧迫をささえきれなくなってきたことだ。

第二に、武田晴信に追われた信州の大名、豪族たちが越後の長尾景虎をたよってあつまり、ここに景虎のふくれあがった兵力は、上信二州を境にして、いやでも北条・武田軍と対抗せざるを得なくなったことである。

家をついで間もないのに、長尾景虎は猛勇鬼神のごとく戦いつづけ、またたく間に越後を平定し、

「いよいよ、関東へのり出さん」

との決意をかためたばかりか、わずかな供まわりをしたがえたのみで、北陸道をま

わり、迅速果敢《じんそくかかん》に京の都へ馳《は》せつけたりしている。

これは朝廷と足利幕府への、自分が叙任《じょにん》された御礼言上という名目だが、来たるべき機《とき》に天下を平定して上洛せんとする下準備をおこなったと見てよい。

ときに長尾景虎は二十四歳。

この若々しい軍神《いくさがみ》のような武将については、さすがの長野業政も、

「伊勢守殿は、いかが思われる？」

その進出ぶりのすさまじさに舌をまいて問うた。

「わしはな、伊勢殿。長尾景虎のすばらしき威勢をなおざりにはできぬとおもう」

「景虎公にしたがいまするか？」

「どうじゃ？」

「どちらにせよ、戦《いく》さをしかけてはなりますまい」

関東制覇《せいは》をねらう長尾、武田、北条の角逐《かくちく》の中で、関東の主人《あるじ》ともいうべき上杉管領家のちからはおとろえ、これにしたがう長野・上泉の両家としては、苦悩ただならぬものがあったのだ。

このころから長野業政の密使が、しきりに越後へ走った。

同時に、平井城の上杉憲政との使者の往来がはげしくなる。

平常は何かにつけて上泉伊勢守へ相談をもちかける長野業政なのだが、

「箕輪の殿は、いざ事をかまえるとき、なにごとも御自分の肚《はら》ひとつにおさめてしまい、わが家来にも知らせず、断行なされる」

と、このごろの伊勢守は困惑の笑いをもらすことが多い。

しかし、長野業政の胸底《きょうてい》がどのように決まったかを、伊勢守は知っていた。

業政は主家の上杉憲政へ、

「この上は、ぜひにおよびませぬ。関東管領の役目を長尾景虎へおゆずりなされませ。そして、景虎の羽の下でゆるりとおくつろぎ下さるよう」

しきりに、もちかけているらしい。

上杉憲政は、三十そこそこの若さなのだが政治力もないし、まことに凡庸《ぼんよう》な人物であり、

「つくづくと戦乱の世に生まれた自分がうらめしいぞよ」

などと、北条氏康から戦争をいどまれるたびに泣言をもらしたりするほどなのだ。

伊勢守は、長野業政の考えを、

(無理もないことじゃ)

と、見ている。

伊勢守自身、一城の主である以上、自分の肩にかかる責任のすべてをわが孤剣をふるうことによって解決できるものではないのだ。

大胡の城主であれば、どこまでも、いまのところは長野業政と力を合せなくては大胡や上泉の領地を守りきれぬのである。

そのうちに、関東管領の本拠《ほんきょ》たる平井城が、北条軍に攻め落されてしまった。

このときには、ほとんど戦闘もせず、平井城の将兵は主人・上杉憲政をほうり捨てて逃げ散ってしまい、憲政は、わずか五十の兵にまもられ、ついに越後の長尾景虎をたよって城を脱出したものである。

重臣の曾我兵庫介《そがひょうごのすけ》らが、

「……長尾家は、もともと上杉家譜代《ふだい》の臣であったものでござるゆえ、すべてを水にながして頼りゆけば、かならず力強き味方ともなってくれましょう。いまは長尾景虎にたより、機を見て、ふたたび関東へおもどり下さい」

しきりにすすめたのは、彼らが、かねて長野業政と意を通じ合っていたもので、このときの業政は、

「平井の城が、あぶのうござります」

との注進を受けても、

「よい、捨ておけ。管領の殿は今少し心細い目にあわせたがよいのじゃわえ」

援兵もくり出さなかった。

こうして、上杉憲政にたよられ、

「よろしゅうござる。かならずや上杉家の御為ともなりましょう」

長尾景虎は心づよく受けあい、翌年の晩春になると八千余騎をひきい、関東へ出兵し、たちまちに平井城をうばい返してしまった。

彼が不識庵謙信《ふしきあんけんしん》と号し、諸国強豪と戦って一歩も退《ひ》かぬ決意をしめしたのもこのころであった。

こうして、謙信の関東出兵は年毎《ごと》にひんぱんとなるわけだが……。

「こうしてはおられぬ」

小田原の北条氏康も甲斐（武田氏）駿河《するが》（今川氏）との三国同盟をむすんでからは一層に気力が充実し、下野《しもつけ》、上野《こうずけ》への侵略へ猛然たる意欲を見せはじめた。

天文二十四年になると……。

北条氏康は一万六千の大軍をひきいて、一気に上州へ迫り、たちまちに厩橋《まやばし》（現前橋市）の城にいた長野道賢を追いはらってしまった。

厩橋は、箕輪と大胡の中間にあるのだから、ここを敵にとられては、長野と上泉の両家は交流できぬ。

だが、箕輪の城は猛将・長野業政がまもる天下の堅城であるから、北条氏康は、

「先ず大胡を落せ!!」

麾下の猪股《いのまたの》能登守《とのかみ》へ五千の兵をあたえて出発せしめた。

厩橋の北条本陣から大胡までは、三里そこそこの近距離である。

大胡の城の物見櫓《ものみやぐら》から見ると、敵の軍列が土ほこりをあげて肉迫して来るのが厭《いや》でも見える。

大胡城をまもる上泉軍は、わずかに七百。

いずれも決死の覚悟で籠城《ろうじょう》の仕度にかかろうとするや、

「やめよ」

伊勢守秀綱が可笑《おか》しげに、

「むだなまねはすまい。みな、逃げい」

という。

さらに、この大将はいった。

「わしも逃げる」

上州一本槍

一

実に見事な退去ぶりであった。

城主の上泉伊勢守みずからが、

「城へたてこもりても、ささえきれぬは必定《ひつじょう》である。それならば無益《むやく》に戦って味方の血をながしてもはじまるまい」

平然と、淡々として、

「いずれも身ひとつでよい。早う城を出て逃げよ」

と、命じるのであった。

上泉家の先祖は、藤原秀郷《ひでさと》から出ており、このながれをくむ大胡《おおご》太郎重俊が、上州・大胡の庄の城をかまえてから、その後、重俊の末、勝俊《かつとし》の代に大胡の西南方二里の上泉の地へ砦《とりで》をきずき、ここへ住したのが上泉氏の起りである。

本家の大胡氏は、そのうちに武州へ移ってしまい、したがって分家の上泉家が大胡の城主となった。

こうしたわけで、大胡氏の一族も、伊勢守秀綱の重臣として残存しており、

「れんめん二百余年にわたって、この地をうごかぬわれらが、一戦も交《まじ》えずに城をあけわたすなどとは、いかに秀綱殿のおおせとあっても、それがし、承服でき申さぬ」

一族の中でも副将格の大胡民部左衛門《みんぶざえもん》が烈しくせまると、伊勢守は事もなげに、

「なに、城は北条方へあずけておくだけのことじゃ」

「なんと申されます?」

「また、この手にもどる。それでよかろう」

たちまちに兵をまとめ、

「それ、退けい!!」

城門を押しひらき、たちまちに全軍が消えてしまった。

入れちがいに大胡へ攻めこんで来た猪股能登守は、強豪のほまれも高い上泉秀綱との決戦にのぞもうとして、決死の形相《ぎょうそう》もすさまじく、

「秀綱が首は、このわしが討つ!!」

猛然としてのりこんでくると、大胡城は藻抜《もぬけ》の殻《から》である。

「これは……」

と、北条氏麾下《きか》でも音にきこえたこの豪傑《ごうけつ》は、人気《ひとけ》もなく開けはなたれている城門の前へ馬を乗りつけたまま、しばらくは声もなかった。

大胡を脱出した伊勢守は全軍を三手にわけ、

「平井の城へあつまるように」

それぞれ離れているようでいて、たくみに連繋《れんけい》をたもちつつ、一度は赤城の東麓《とうろく》へ迂回《うかい》すると見せ、夜に入るや一気に伊勢崎の東方をぬけ、翌々日の早朝、平井城へ入った。

いまの平井城には、伊勢守の主人ともいうべき管領・上杉憲政はいない。

上杉憲政にかわり、越後から関東へ乗り出して来た長尾景虎の重臣・北条安芸守《きたじょうあきのかみ》が平井の城代《じょうだい》となっている。

「ようも思いきられた」

と、北条安芸守はよろこんで伊勢守を迎え、

「いまは、山上の城が落ちかけているらしい」

といった。

山上城は、大胡城の東方二里のところにあり、若き城主・山上藤七郎氏秀《うじひで》がまもっている。

伊勢守は大胡退去にあたり、

「すぐさま全軍をひきいて城を出《い》で、われらと共に平井へおもむくよう、氏秀殿につたえよ」

と、疋田文五郎を使者にたてていい送った。しかし血気の山上氏秀はきこうともせず、籠城に決し、大胡を手に入れた猪股能登守の猛攻をうけ、はげしく戦ったが、ついにおよばず、やがて、

「落城の折に、うまく氏秀殿は脱出されたというが……」

山上氏秀は行方不明となってしまった。

箕輪城の長野業政は、

「上泉の城ひとつをうばい取られるよりも、伊勢守が生きてあるほうが、どれほど心強いことか知れぬ」

伊勢守が無事に平井へ入ったときき、

「平井、国峰、箕輪と、この三城が手をむすび合っているかぎり、上州は決して北条の物とはならぬ」

と、使者を送ってよこし、伊勢守をなぐさめてくれたものである。

果して……。

春もすぎようとするころ、長尾景虎が大軍をひきいて越後から関東へあらわれた。

いうまでもなく、景虎の関東における本拠は平井城である。

上泉伊勢守は、このときはじめて、平井城へ入った長尾景虎に目通りをした。

のちに上杉謙信となった景虎は、このとき二十六歳の若さであったが、

(すばらしき武将ではある)

さすがの伊勢守も瞠目《どうもく》したものだ。

景虎は、伊勢守におとらぬ六尺ゆたかな体軀《たいく》で、のちに吉川家の使者・佐々木定経が景虎に対面したときのことを、

「ちょうど読経《どきょう》中であったが、すぐにやめ、山伏《やまぶし》の姿にて太刀をしっかと刺《さし》かためて壇上《だんじょう》から立ち出でたる謙信公を見たときには、音にきこえた大峰の五鬼か、葛城《かつらぎ》高天の大天狗《だいてんぐ》を見るおもいがし、身の毛がよだつおもいがした」

と、語りのこしているほどである。

若年の身で一切の欲念《よくねん》を絶ち、我身のすべてを戦陣へ没入させている長尾景虎の風《ふう》貌《ぼう》には、まさに鬼気せまるものがあった。

「それがしが手引きつかまつります。赤城南麓の諸城をうばい返していただきたし」

と、伊勢守が申し出るや、景虎は、左右不ぞろいの両眼(右眼が大きかった)を活と

見ひらき、

「心得てある!!」

叫ぶように、こたえた。

このとき、景虎の双眸《ひとみ》が、

「まるで血の色を見るように赤く見え申した」

と、そばにひかえていた大胡民部左衛門が後に語った。

長尾景虎は、みずから陣頭に立ち、総勢一万をひきいて平井城を発した。

このときは、長野業政も、

「それがしも出張《でば》りましょうず」

めずらしく、みずから箕輪を出て厩橋の北条氏康・本陣を牽制《けんせい》した。

業政の出兵とあれば、北条氏康もうかつにうごけぬ。

この隙《すき》に、景虎は利根川をわたり、

「先ず、大胡をうばい返せよ!!」

旋風《せんぷう》のように、上泉をうばい返し、大胡城へ襲いかかった。

このとき、大胡には益田丹波《たんば》之《の》介《すけ》が入っており、

「なんとしても城をまもりぬけ」

と、北条氏康から命じられている。

「先陣は私めに……」

と、伊勢守は景虎に願い出て、手兵をひきい、城門へせまった。

これを見て、稲荷曲輪《いなりぐるわ》につめかけていた益田勢の一部が、

「それ、追いくずせ」

曲輪の虎口《こぐち》から押し出し、槍ぶすまをつくって、突撃して来た。

「そのとき、伊勢守秀綱殿は……」

と、戦いのすべてを目撃していた長尾景虎の臣・夏目《なつめ》定盛《さだもり》が、次のように景虎へ報告している。

「馬首をつらね、槍ぶすまをつくって押しかける敵勢の真只中《まっただなか》へ、伊勢守殿は狩りにでもおもむくがごとき何気もなき風情《ふぜい》にて槍をかいこみ、先ず只一人にて、するすると、まるで溶けこむように入りこみましたるが……かと思うたる刹那《せつな》、敵方の槍数本が陽にきらめいて宙天へはね飛び、同時に、敵のそなえがどっと乱れたちましてござる」

これを待ちかねたように上泉勢が、

「殿へつづけ!!」

「わが城をうばい返せ!!」

鬨《とき》の声をあげて、錐《きり》をもみこむように突き入った。

勝手知った城の地形である。

別手の一隊は、城内・曲輪の一つにある大胡神社の側面から侵入して攻めこむ。

なにしろ、長尾の大軍を背後にしての突撃であるから、

「もはや、これまで」

夕刻になると益田丹波之介は城をささえきれなくなり、血路をひらき逃げ出してしまった。

こうして、上泉、大胡をうばい返した後、さらに長尾景虎は、膳、山上、仁田山の諸城を攻め取った。

部隊をおさめるや、景虎は全軍をひきい、堂々と厩橋城前を通りすぎ、箕輪から出て来た長野業政の陣へ到着をしたが、北条氏康はかたく城門をとじ、打って出ようとはせぬ。

上泉と大胡は、ふたたび伊勢守の手へもどった。

二

以後の五年間は、上泉伊勢守秀綱が、大胡の城主として、戦乱の武将として、もっとも目ざましく活躍した時期であったといえよう。

長尾景虎の関東出兵は、ほとんど毎年のようにおこなわれた。

そのたびに上州における北条方の基地が、うばい取られていった。

箕輪の長野業政は、

「そこもとに、上州の目代《もくだい》をつとめてもらおう」

と、長尾景虎に命ぜられ、意気軒昂《けんこう》たるものがある。

いまの長尾景虎は、まったく関東管領になったのと同じことで、

「あとはもう、機を見て上杉家の家督《かとく》をつぎ、朝廷と将軍のおゆるしを得るだけのことじゃ」

と、業政はいった。

戦陣に明け暮れる歳月がながれていった。

長尾景虎の刮目《かつもく》すべき上州進出を見て、さらに敗戦をかさねつづけている北条氏康は、小田原にいても落ちついていられぬ。

弘治三年になると、甲府の武田信玄へ使者を送り、

「長尾景虎が、上杉憲政にかわって関東へ乗り出して来てからは、上州一円が乱れはじめ、ことに、箕輪の長野業政が大胡の上泉伊勢守と手をむすび、いずれも景虎の力をたのみ、上州のみか武州へも手をのばしはじめてまいった。それで、いかがなものであろうか。いまこのとき、武田と北条の両家がちからを合せ、本腰を入れて上州平定にのり出しては……。

もしも武田家において長野業政を討ちほろぼしていただけるなら、それがしは武州の太田資正《すけまさ》を討つ。そうして上武二州を分け合おうではござらぬか」

と、もちかけた。

武田信玄にしても、

「のぞむところ」

である。

春になると、信玄は一万三千の大軍をみずからひきい、甲府を発し、上州へ乗り出して来た。

上州方では……。

長野業政を主将として、上泉伊勢守、国峰城の小幡信貞その他、いずれも上杉・長

尾の麾下にある諸将合せて二万が出動して武田軍を迎え撃《う》った。

両軍は、瓶尻《みかじり》の原で激突した。

現在の妙義山の東麓にあたる。

猛戦四刻……。

さすがに天下無比の強兵をほこる武田軍であった。

六十をこえた長野業政も、陣頭に立ち、たくみな駆けひきを見せたが、何といっても寄せあつめの上州軍だけに、

「もはや、これまで。箕輪へ引き返せよ!!」

すばやく兵をまとめ、箕輪城へたてこもってしまった。

武田信玄は、

「よし!! 無二無三《むにむさん》に攻め落せ」

法峯寺口に本陣をかまえ、息もつかせずに攻撃をはじめた。

ところが、この城は、

「ふふん……落せるものなら落して見よ」

長野業政が豪語するだけあって、つけこむ隙がない。

箕輪城は、西方に榛名《はるな》の山嶺を背負った丘陵にあり、白川のながれにのぞむ城地は

数十尺の断崖上にあって、敵をよせつけない。

武州の鉢形《はちがた》、常陸の太田と共に関東の三名城とよばれたこの城に威を張り、長野業政は父祖代々、上杉家の執事《しつじ》として一歩も退《の》かなかったのである。

武田信玄は、法峯寺口に滞陣すること約半月。この間に越後にあった長尾景虎は、箕輪籠城《ろうじょう》のことをきくや、

「ただちに押し出せい!!」

ただちに、信州・川中島へ向って進軍をはじめた。

景虎出陣を知らせる使者の報告をきいた武田信玄は舌うちをもらし、

「いたしかたもなし。陣をはらえ」

と、命を下した。

このまま滞陣をしていては、長尾景虎が武田の領国へ攻めこんでくるわけであるから、信玄も腰を上げざるを得ない。

四月二十五日に至って、武田軍は陣ばらいして信州へ向ったが……。

この籠城戦でも、上泉伊勢守は目ざましい働きをした。

攻めあぐんで焦《あせ》りに焦る武田軍の真只中へ、

「それ!!」

伊勢守秀綱が〔椿山砦《つばきやまとりで》〕の虎口をひらき、わずかな手兵をひきいて突撃したものである。

「上泉伊勢守じゃな。かならずや首を討て!!」

武田信玄が叫んだ。

喚声をあげて、押し包むようにせまる武田勢の先端を、伊勢守を先頭にした二十数騎が槍をふるいつつ、掠《かす》めるように過《よ》ぎった。

伊勢守秀綱の長槍がきらめくところ、たちまちに武田方の騎士八名ほどが馬上に突き伏せられて転落した。

武田勢の悲鳴と絶叫があがる。

押しつつむ間もなく先端を突きくずされ、武田勢は血相を変えて、伊勢守を追撃した。

一名の損傷もなく、二十数騎をひきつれ、伊勢守は榛名沼とよばれる泥沼を一直線の縦隊となって逃げる。

「それ、逃げこませるな!!」

いちめんに藁《わら》くずを散らした泥沼へ、それと知らずに三百余の武田勢がふみこんで来た。

「わあっ……」

「泥沼じゃ、これは、いかぬ」

馬も人も、ずるずると泥に足をとられてもがくところへ、頭上の〔水ノ手曲輪〕から上州勢が、いっせいに矢を放った。

この間に、伊勢守は虎口から城内へ逃げこんでしまっている。

伊勢守の一隊が縦に走り通った細い道だけが、この泥沼の通路であったわけだ。

思う存分に掻《か》きまわし、射すくめて、このとき武田勢百七十余を討ちとったという。

○

さらに、三年の歳月がながれる。

この間、大胡の城主としての上泉伊勢守の武勇は、

「上州十六人の槍」

とか、

「上野国、一本槍」

とかの名誉《ほまれ》を得ている。

戦闘の余暇には、相変らず剣の道にはげむ伊勢守であったが、諸国から伊勢守をた

ずねて教えをこう剣客たちも後を絶《た》たぬ。

このごろの伊勢守は、大胡や上泉の城を息子・秀胤《ひでたね》にまかせ、自分は手兵をしたがえて箕輪城にくらすことが多くなった。

長尾と武田の両雄が、関東進出をねらって戦さをくり返すようになっては、

「どうも、このごろ小幡信貞の進退《しんたい》が不安でならぬ」

と、長野業政が或日《あるひ》、上泉伊勢守にいった。

国峰城の小幡信貞は、二年ほど前から、なんとなく武田信玄と気脈《きみゃく》を通じているような節《ふし》がある。

「わが聟《むこ》ではあるが、戦乱の世には、いささかの油断もならぬ。そこもと、国峰へまいって小幡の意をたしかめ、長尾と上杉への忠誠の誓紙《しるし》を取ってもらいたい」

業政は、伊勢守へたのんだ。

「よろしゅうござる」

ひきうけたとき、

(於富と、その子にも会うてみたい)

伊勢守は、わが胸の底に何かどよめくものを感じた。

嘘か、まことか、於富が「小父さまの子」と、ひそかにもらしたその子の顔を、ま

だ伊勢守は知らなかった。

国峰の城

一

上泉伊勢守が、国峰の城へおもむいたのは、永禄三年の、早春の或日であった。

供《とも》まわりは、疋田文五郎ほかわずかに五名ほどで、箕輪城を出発するにあたり、長野業政が、

「伊勢殿よ。そのような不用意なことではならぬ。もしも、そこもとに万一のことあれば、わしはどうする」

顔をしかめて、くどくどといった。

業政は、このごろ体調がよろしくない。時折、急に胸がしめつけられるような不気味な痛みがおこり、この上州の黄斑《こうはん》（虎）とうたわれた猛将に一抹《いちまつ》のかげりがただよいはじめたことを、伊勢守は看《み》てとっている。

しかし長野業政の気づかいも、むりはないところなのだ。

去年も、また今年の正月も武田信玄の箕輪攻撃がくり返され、ついこの間まで、信玄は板垣信方《いたがきのぶかた》・小宮山昌行《こみやままさゆき》などに兵をあたえ、箕輪を攻めさせていた。

「ふ、ふん。また来たか。同じことじゃわえ」

長野業政は、去年の春、総大将の信玄自身が大軍をひきいて攻めよせたときと同じように、小勢をわざと城外へ出撃させた。武田軍が追うと見れば引きあげ、勝手知った地形をたくみに利用して別手の突撃隊を自由自在にあやつり、折からの雪をさいわい、餓《う》えと寒さにふるえている武田軍を、さんざんに打ち破ったものである。

「さすがに箕輪の殿だ。胸のすくような……」

と、伊勢守秀綱が思わず感嘆の声を発したほど、それは見事な采配《さいはい》ぶりであった。

こうして、武田軍は箕輪から退去して行ったのだけれども、ようやく上州に春がめぐり来た現在《いま》、その一部はまだ箕輪周辺に蠢動《しゅんどう》しており、諸方に点在する味方の砦《とりで》をおびやかしている。

たとえ、国峰まで七里の行程にせよ、わずかな供まわりで使者にたつ上泉伊勢守の身を長野業政が気づかったのは、このためである。

「いや、供まわりを大形《おおぎょう》にしては、かえって目につきましょう」

と、伊勢守は平服のままで馬にまたがった。

さすがに疋田以下の騎士六名は武装であった。

榛名山の東のすそを烏川《からす》へ出て、さらに碓氷川《うすい》をこえると甘楽《かんら》の山地へ入る。

上州名物の春の強風が中天《ちゅうてん》にうなりをたてていた。

岩野谷《いわのや》の部落をすぎ、曲りくねった道が、ふたたび上りになったとき、突如、前方の山肌の蔭に馬蹄《ばてい》の響《とよ》みがわきおこった。

「あっ……」

という間もない。たがいに、ゆるやかな歩調ですすみ合っていたため、烈風の声が馬蹄の音を消してしまっていたのだ。

山蔭からあらわれた騎士五名、兵二十名ほどの一隊は、まさに武田方のもので、

「わあっ……」

「敵方じゃ!!」

約五間ほどの距離をへだてて、幅一間ほどの道に、双方がみだれ立った。

上泉伊勢守が、背後の疋田文五郎がさしのべてよこした長槍をつかんだのは、この一瞬であった。

「つづけ!!」ともいわず、伊勢守は只《ただ》一騎、馬を煽《あお》って突きすすむや、

「曳《えい》!!」

槍をふるって、たちまち、先頭の二人を馬上から突き落した。

電光のような刺撃《しげき》である。

甲冑《かっちゅう》に身をかためた敵二人は、伊勢守の槍にふかぶかと太股を突かれたのだ。

馬がいななく。

怒声がわきたち、いっせいに刀槍がきらめいた。

「曳。曳!!」

つづいて二騎。これは伊勢守の槍が敵の乗馬を突きまくったもので、血飛沫《ちしぶき》をはねあげて狂いたつ馬の背から、二人ともはね飛ばされた。せまい道に押しつめていた敵が、どっと後退する。

「それ!!」

神わざのような攻撃をしかけておき、伊勢守は手綱をさばいて乗馬を道端へ寄せた。その迅速《じんそく》さは、愛馬〔残月《ざんげつ》〕の馬足《ばそく》が伊勢守の両足とも見えたという。道をひらいた伊勢守の傍を駈けぬけ、馬を下りた疋田文五郎以下六名が、槍と太刀をふるって突撃した。

武田方の絶叫と悲鳴が、血と共にふりまかれた。約四倍の敵を蹴散《けち》らし、伊勢守一行が、ぶじに国峰城へ入ったとき、夕暮れの空は、まだ明るかった。

二

於富が小幡図書之介へ嫁入ってから、伊勢守秀綱は一度も国峰の城をおとずれてはいない。

およそ十七、八年ぶりに城門をくぐった。

城主の小幡信貞は、かずかずの戦陣にも味方同士としてちからを合せて来ているし、

「よう、おこしなされた」

小幡信貞は、榎曲輪《えのきぐるわ》とよばれる城内の一郭にある居館《やかた》へ伊勢守を迎え、心をこめた歓待《かんたい》ぶりであった。

信貞の夫人で、於富の姉でもある正子《せいこ》が四人の男子をつれてあらわれ、

「恩師さま、おなつかしゅうございます」

眼をうるませて、あいさつをした。三十七歳になった彼女が見ちがえるばかりの豊満な肉《しし》おきになっているのにもおどろいたが、次に廊下へ手をつかえた於富を見て、

(これは……?)

伊勢守は目をみはった。

十五年前に、十八歳の彼女と別れたままの於富が、そこにいたのである。眉《まゆ》をおとし、鉄漿《かね》をつけて人妻のよそおいとなってはいるが、しなやかな肢体《したい》もむかしのままに潑剌《はつらつ》としたうごきをひめており、

「上泉の小父さま……」

と、呼びかけた声も少女のときのままにおもえた。

ときに於富は三十三歳。

伊勢守秀綱五十三歳である。

つづいて、於富の夫の小幡図書之介が、二人の子と共に主殿《しゆでん》へ入って来た。一人は十五歳になる千丸だと、すぐにわかった。一人は十歳ほどの女子で、これはまさに於富が図書之介との間にもうけた子にちがいない。

このときまで、千丸が我子だということに一抹の疑念を抱かぬこともなかった伊勢守であるが、

(まさに、わが子じゃ)

ひと目で確信をもつに至った。

千丸は、伊勢守の端正《たんせい》な顔貌に似てはいない。けれども……。

伊勢守が十八歳のころに亡くなった母に生きうつしといってよかった。

「これなるは、千丸にございます」

と於富は、にこやかにひき合せる。みじん、悪びれたところはないし、図書之介も、伊勢守へ両手をつかえた千丸をあたたかい微笑でつつみ見まもっているのだ。

「おお。みごとに成人をなされた」

伊勢守の顔に声に、いささかの動揺《どうよう》もなかった。

この場で、千丸についての真実を知るものは伊勢守と於富の二人のみであろうが……二人とも過去についてはまったくこだわっていない。

いや、過去になど、こだわってはいられぬ時代なのだ。

戦乱の世に生きぬいたそのころの男女にとっては、過去は無用のものといってよい。やがてはやって来るであろう平和の世に、ひたと眼《まなこ》をすえ、そこへ到達すべく、必死に烈《はげ》しく闘《たたか》いぬかねばならなかったからである。

その苛烈《かれつ》な人生の中に、家を、愛をまもり育てるためには、過去にこだわってはいられないのだ。

にぎやかに、藹々《あいあい》として宴がすすみ、そして果て、正子・於富の姉妹がそれぞれのわが子と共に主殿を去るとき、別れのあいさつをした千丸が十五にしてはたくましい面上へ親しげな微笑をうかべて伊勢守を見つめたとき、

（む……）

さすがの伊勢守も、胸もとへ熱火のようなものが衝《つ》きあげてくるのを辛うじて、こらえた。

「小父さま。では、これにて……」

去るときの於富のその声が、その顔が……伊勢守の彼女を見た最後のものになろうとは、思ってもみぬことであった。

人ばらいがなされた。

主殿の、この一室には、にわかに緊迫のいろがただよいはじめる。

小幡信貞と従弟《いとこ》・図書之介。それに上泉伊勢守の三人のみが、高燈台《たかとうだい》の灯《あかり》を中にして、きびしく向い合った。

伊勢守は、小幡信貞の剛直《ごうちょく》な性格をよくわきまえていたから、ものしずかに、だが率直《そっちょく》にきり出してみた。

長野業政が、この聟《むこ》のうごきを非常に気にしていること。

去年、今年の武田軍来攻のときも、城門を閉ざしたきりで、小幡勢は敵の背後をおびやかそうともしなかったこと。

「わがむすめごを二人まで、この国峰へ嫁《とつ》がせたる業政公としては、いまや、われら上州の武人《もののふ》が、上杉か武田か、そのどちらかに与《くみ》せざるを得ぬことになったる上は、ぜひとも尾張守《おわりのかみ》（信貞）殿の誓言《せいごん》の証文《しるし》をと、のぞんでおらるる」

伊勢守は、いい終えて小幡信貞を凝視《ぎょうし》した。

赤城の山湖のように深々《しんしん》たるものをたたえたその双眸《そうぼう》の光には相手の眼を、心を、一瞬にしてひきこまずにはいないちからを秘めていた。

小幡信貞の面《おもて》に見る見る血がのぼった。

図書之介は先刻までのにこやかな表情と打って変り、能面《のうめん》のような白々《しらじら》しい顔つきになり、空間の一点を見つめたまま、ひっそりとうごかぬ。

（なにごとも、城主であり従兄である信貞にまかせてある）

と、考えているものと見てよかろう。

わずかな沈黙の後に、信貞が口をきった。

「それがしも、伊勢守殿のおこころにそい、虚心《きょしん》をもって、おこたえ申しあぐる」

「うけたまわった」

「越後の長尾景虎公が、関東管領と上杉の称号をうけつぐこと、まさに目前。実に希《き》代《たい》の名将でござるが……」

「む……」

「越後に本拠のあるかぎり、景虎公には天下をおさめる地の利がござらぬ。諸国の勢力《ちから》は、次第に、いっそうの大きな勢力にふくみこまれ、このあらそいに打ち勝つものこそが天下をおさめまする。天子おわす京の都へ上《のぼ》り、京をおさむるためには、景虎公の武勇のみをもってしてもおよばぬことと存ずる」

「うけたまわった」

と、伊勢守は、長尾景虎の天下制圧のため「先ず関東をあたえようではないか」との、長野業政のことばをつたえた。

すると、小幡信貞は首をふって、

「武田信玄公あるかぎり、それはのぞめますまい」

きっぱりという。

上泉伊勢守という人物を中にたてて、これだけの断言ができるのは、信貞の武田方へ意を通じようという決意は、もはやゆるぎないものとしてよい。

従弟の図書之介にしても、国峰城の北方三里にある丹生《にう》の砦をまもっているのだが、ここは重臣の吉崎角兵衛にまかせ、戦さがないときは、於富や子たちと共に国峰城・三ノ丸の居館に暮している。つまり、城主の小幡信貞と同じこころとみてよかった。

伊勢守は冷静に信貞のこたえをうけとり、翌早朝、国峰を発して箕輪城へ帰った。

長野業政は、すべてをきくや、

「やはりのう……」

意外におどろきもせず、瞑目《めいもく》したまま、それからは一語も発しようとせぬ。

このとき、伊勢守は業政のこころが、どのようにうごきつつあるかを知らなかったし、また知ろうとも思わなかった。

五年前に、みずから大胡の城を捨てて一兵も損せずに退去したときから、われ知らず会得《えとく》するものがあった。

季節がうつろうごとく、川床《かわどこ》に水のながれるごとく、すべての事態に対して、あくまでも自然に寄りそい、しかも上泉伊勢守秀綱という我身を生かしきろうとするこころの自由自在なはたらきを無意識のうちに、つかみとっていたのであろうか。

初夏が来た。

伊勢守は、息・秀胤《ひでたね》にまかせてある大胡の城へ久しぶりに帰った。上泉常陸介《ひたちのすけ》秀胤は、いま三十一歳。堂々たる武将となっている。

途中の厩橋は、去年十一月に長尾景虎が攻め落してしまっているから、らくらくとして上泉へも大胡へも往復できるのである。

異変は、伊勢守が箕輪を留守にしている間に突如として起《おこ》った。

三

五月十九日の夜陰《やいん》……。

厩橋城をまもっている長尾謙忠の兵千余が、ひそかに城を出て箕輪城の方向へすすみはじめた。

謙忠は、長尾景虎の従弟にあたる。

同じころ、箕輪城からも長野業政自身が二千五百の兵をひきいて出発した。

そして、両軍は白川のあたりで合流し、おそるべき速度をもって国峰へ進軍をはじめたのである。

夜が明けたとき、国峰の城は完全に、箕輪・厩橋の連合軍にかこまれてしまっていた。

「卑怯《ひきよう》な!!」

小幡信貞も、舅《しゆうと》の権謀《けんぼう》が、こうまで迅速《じんそく》にはこばれようとはおもっていなかったが、

「何の……落せるものなら落してみよ」

すぐさま籠城の仕度にかかった。

国峰城へこもる小幡勢は千余。およそ四倍の包囲軍を相手にしては、正面から戦え

るものではない。

舅の長野業政が、こういってきた。

「手向いは無益《むやく》である。すぐさま、城をあけわたすよう。悪《あ》しゅうははからわぬぞよ」

聟は、これをはねつけた。

小幡図書之介が信貞にきいた。

「はたして、武田信玄公が手をさしのべてくれましょうか？」

「くれると思うから籠城するのだ。密使をぬけ出させ、武田方へつかわしたぞ」

「なれど、もしも……？」

「うたがいの心あって戦さができるか」

「では、どうあっても？」

「くどいわ!!」

「では、そのお言葉を舅殿につたえまする」

「図書。おぬし、籠城するのがおそろしいか。おそろしければ城を出て敵に降《くだ》ってもよいのだぞ」

「それがしも小幡一門にござる。どこまでも殿と共に……」

「よし」

この夜ふけに、寄手《よせて》が大手口へ攻めよせて来た。

「ふむ、来たか。この城はなかなか落ちぬぞ」

と、小幡信貞は不敵に笑い、

「よし、城門をひらけい!!」

みずから手勢をひきい、猛然と打って出た。

さすがに、長野業政が「あの聟だけは敵にまわしたらおそろしいぞよ」と洩《も》らしていただけあり、信貞は槍をふるって思う存分に寄手を蹴散らしておき、

「おぼえたか」

颯爽《さっそう》として、風のごとく城内へ駈けもどった。

ところが……。

大将を迎え入れて、いったんはきびしく閉ざされた城門が、それから一刻ほど後になると、ひそやかに内側からひらかれていったのである。

城内に、裏切り者が出たのだ。

裏切ったのは、小幡図書之介であった。

上泉伊勢守にさえ知らせず、この年、七十一歳になる長野業政が、次女・於富の聟

である小幡図書之介をひそかに抱きこんだ手ぎわというものは、なまなかなものではない。

「うわあ……」

喚声をあげてなだれこむ敵勢を見て、妻の正子と夜食をしたためていた小幡信貞も、さすがにおどろき、

「弥兵衛《やひょうえ》。おれは死ぬるぞ。そち、正子と子たちを逃《の》がしてくれい」

老臣の猪子《いのこ》弥兵衛に命じ、長槍をつかんで躍り出して行った。妻や子たちと別れの言葉をかわす間もない。

正子も鉢巻をしめ、薙刀《なぎなた》をかいこみ、侍女たちを指揮して居館をかためた。

「図書之介様、裏切り!!」

の叫びが諸方できこえる。

「なんと……」

正子は驚愕《きょうがく》した。

裏切った男の妻は、わが妹で、しかも同じ城内にいる筈《はず》なのである。

落城

一

国峰の城が落ちたのは、五月二十一日の払暁《ふつぎょう》であった。

ちなみにいえば……。

これに先立つ二日前の十九日。尾張の桶狭間《おけはざま》において、今川義元の大軍が織田信長の奇襲をうけ、大将の義元は討死をしている。駿河《するが》・三河《みかわ》を制圧して威望も大きかった名門・今川家が、若々しい捨身《しゃしん》の新興勢力に敗北したのである。世は、まさに変ろうとしていた。

上泉伊勢守は、国峰落城の知らせを、上泉の居館《やかた》においてうけた。

「国峰落城までは、こなたへ知らせてはならぬとの強《きつ》いお達しでござりました」

と、箕輪にいた疋田文五郎が騎馬で馳《は》せつけて報告をしたのである。

箕輪へ残しておいた伊勢守の手兵は、国峰攻めに参加してはいない。

長野業政が、この謀略を伊勢守に計《はか》らわなかった肚《はら》のうちは判然としていないが、城を発して国峰へ向うにあたり、業政は疋田文五郎にこう洩らしたそうである。

「わしもな、この老齢《とし》になって、可愛《かわい》いわが娘ふたりを、このしわだらけの手で敵と味方に引き裂《さ》こうというのじゃ。引き裂かねばならぬわしの決意が、もしもにぶっては……と思い、わざと伊勢殿には事をもらさなんだのじゃ。のちのち、このわしのことばを伊勢殿につたえてもらいたい」

業政としては、たぶん伊勢守が国峰攻略への反対の意志を抱くのではないかと、懸《け》念《ねん》し、そうなったとき、自分の心がおとろえ弱まることをおそれたのであろうか……。

あの夜……。

小幡信貞は、侍臣数名と共に血路をひらき、城外へ脱出したという。

正子も四人の子と共に、混戦の中を逃げのびたらしい。なぜなら城が落ちたのち、この城主夫妻と子たちの死体を発見することを得なかったからである。

「ふむ。正子は逃《の》がれてくれたか……」

上泉伊勢守は、先ず、彼にとっては最初の女弟子であった彼女が無事であったことをよろこばしくおもった。

第二の女弟子である於富については、あらためていうべきこともない。

長野業政は、

「すでに長尾景虎公のゆるしをも得てある」

といい、小幡図書之介を国峰城主にすえた。於富は姉の正子にかわり、城主夫人となったわけだ。

於富は、当夜はじめて、夫・図書之介から、

「舅《しゅうと》殿にちからを合せ、裏切りするぞ」

と、うちあけられたが、一言も発せぬまま強くうなずき、すぐさま武装に身をかため、薙刀《なぎなた》をつかみとったという。

この姉妹が、もしも乱戦の中に顔を合せたなら、いささかのためらいもなく、互いに薙刀をふるって、

(闘い合ったことであろう……)

と、伊勢守はおもった。

そして、酷熱《こくねつ》の夏が来た。

伊勢守は、疋田文五郎を箕輪城へ帰したが、わざと上泉滞在をのばしていた。

大胡の本城は、息・秀胤《ひでたね》にまかせておいてよい。

(よい機会じゃ)

毎日、大胡からあいさつに出向いて来る秀胤へ、みずから小笠原氏隆《うじたか》よりつたえら

れた軍法・兵略の道を教えはじめた。

これらは剣法のかわりに、むかしから秀胤へ念をこめて教えつたえてきたものだが、ここ十年ほどの間に伊勢守自身が得た豊富な体験から、さらに創意が加えられたものを、あらためてつたえ残しておこうと思いたったからである。

この最中《さなか》に、箕輪から急使が只《ただ》一騎で馳せつけて来た。

長野業政の急死をつたえてきたのであった。

この朝。業政は平常のごとく起床し、夏の習慣となっている水浴を湯殿でおこない、やがて、食膳にむかった。

箸を取ろうと手をのばした瞬間に、烈しい痛みが胸をしめつけ、苦悶《くもん》のうめきをあげて打ち倒れたのが最後で、侍臣が静臥《せいが》させようとしたときには、

「すでに、息絶えておわしたそうにございます」

と、上泉へ駆《か》けつけて来た辻又右衛門がいった。辻は故業政の侍臣で愛寵《あいちょう》もふかかった士《さむらい》である。

「又右衛門。箕輪の殿が御落命のことを他にもらしてはならぬ。ぬかりはあるまいな」

「はっ。箕輪城中にても、このことを知るは、わずかなもののみにて……その場に居

合せたる侍女三名は、去らせずに斬って捨てまいてござる」

むごいことではあるが……家老の藤井友忠の、一分もすかさぬ処置によって、長野業政は発病したまま、居館の奥ふかくに療養していることになっているわけだ。

「わしは、いましばらく上泉にいたほうがよい。いま急ぎ駈けつけては、反《かえ》って真実《こと》を人びとにさとられよう」

「心得まいた」

「藤井友忠殿へよしなに……」

「はっ」

「おぬしも、ここへ馳せつけまいったるときには血相が変っていたようだ。こころをつけられい。帰るときは、わざとゆるゆる馬うたせ、平常《つね》の顔いろにて城へもどられよ」

「は……おさとしかたじけなく……面目《めんもく》もござりませぬ」

二

翌永禄四年の早春。

武田信玄は一万五千の大軍をみずからひきい、上州へあらわれた。

「さては箕輪の殿の死去を知ってか……？」

と、箕輪の重臣たちは騒然となったが、武田軍は疾風のように国峰の城へ攻めよせて行ったのである。

小幡信貞は正子や子たちと共に、武田信玄をたより、信玄は、

「ようもわせられた」

よろこんで迎え、信貞を武田方の上州における前線基地の一つともいうべき砥沢《とざわ》の砦《とりで》へ入れ、これをまもらせた。

だから、今度の国峰奪回作戦については小幡信貞のはたらきが目ざましく、信貞は早くも国峰近くの諸将にはたらきかけて、これを武田方へ内応《ないおう》させ、武田軍の来攻にあたっては、

「図書之介めは、ずいぶんと剛強《ごうきょう》の男にござるが、不慮《ふりょ》の事にあたりては度をうしないまするる」

と、信玄にのべ、夜半に国峰へせまるや、おびただしい松明《たいまつ》をつらねて押し寄せた。

これを見て、図書之介よりも国峰の城兵がおどろき、かつての平井城がそうであったように城主を捨てて脱出するものが続出したので、小幡図書之介も、

「もはや、これまで」

於富や子たちをつれ、わずかな侍臣と共に城を逃げた。

箕輪へは使者を送って、急を告げにやったが、とても間に合うどころではない。

図書之介も、何とかして箕輪へたどりつこうと考えてみたが、なにしろ元城主の小幡信貞が寄手《よせて》に加わっている。

国峰一帯の地理を知りつくしている信貞は、ぴしぴしと退路をふさぎ、

「なんとしても図書めの首を討ってくれようぞ」

すさまじく、肉迫して来る。

ついに、国峰城の東方半里のところにある宝積寺《ほうしやくじ》（図書之介の檀縁《だんえん》の寺）まで逃げ、ここで寺僧たちの応援をふくめ、五十人ほどで寄手を迎え撃つことになった。

「もはや、これまでだ」

図書之介は山門へのぼり、矢種《やだね》のかぎりに射たてた。

於富は手兵をひきい、谷間の峡路を攻めのぼって来る敵勢へ、

「ござんなれ!!」

猛然として駈け入った。

於富の薙刀がひらめくところ、雄川の急流へ斬りこまれて落ちるもの「数知れず……」と、物の本に記してある。

しかし、この抵抗にはかぎりがあった。

小幡図書之介が、妻子と共に宝積寺内で自刃《じじん》したとき、ようやくに薄明《はくめい》が山峡《さんきょう》にただよいはじめた。

このとき於富は、わが夫の介錯《かいしゃく》をし、その首を土中に埋めてから、自決したそうである。

この知らせは、その日の夜半に、上泉にいた伊勢守の耳へ入った。

「於富が死んだか……そして、千丸もな……」

武田軍来攻とききい、箕輪へ入城すべく出陣の仕度をととのえていた伊勢守秀綱は、さすがに沈痛な色をかくすべくもなかったようである。

さらに、伊勢守を瞠目《どうもく》させる事態がおこった。

夜明けと共に、上泉を発せんとしたとき、国峰から脱出した者が二名、上泉へたどりついた。

一名は、小幡図書之介の侍臣・大沢蔵人《くらんど》で、一名は、図書之介の長子・千丸であった。

二人とも見すぼらしい百姓姿になり、

「二名のみなれば、なんとか逃げのびられるやも知れぬ。いざともなれば共に死ね」

と、図書之介が命じたので、宝積寺から雄川のながれへ下って、急流の中をわたり、闇にまぎれ、無事にたどりついたのだという。

このとき、図書之介は於富にも脱出をすすめたが頑としてきき入れず、十歳のむすめを先ず刺し死なせてから薙刀をかいこみ、

「われは夫《つま》とともに死ぬる。この品を恩師さまへ……」

鉢金《はちがね》のついた白絹の女鉢巻を、大沢蔵人へわたし、千丸へは、

「恩師さまを、わが父母ともおもうよう」

と叫ぶようにいった。

すると、図書之介がにっこりと笑い、

「蔵人。伊勢守殿にかくつたえよ。いまこそ千丸をおわたしつかまつる、とな……」

すべてを大沢蔵人からきき終え、伊勢守秀綱は、あたたかい微笑を千丸へあたえつつ、

「母御前《ごぜ》のことばを、忘れまいぞ」

しずやかにいった。

於富が伊勢守へ形見《かたみ》にのこした鉢巻の鉢金の中には、黄ばみつくした檀紙二片がはさみこまれてあった。十六年前に伊勢守が疋田文五郎のひたいに当てさせ両断した、

あのときの檀紙であった。

この年。

長尾景虎は、正式に関東管領と上杉家をつぎ、上杉政虎となった。すなわち上杉謙信である。

謙信は、その勢いをもって小田原に北条氏康を攻めたが、城を落すことが出来ぬうち、上州から信州へ兵力をあつめ、越後をおびやかさんとする武田信玄のうごきに歯をかみならし、

「こたびこそは、積年のうらみをはらし、信玄の首をわが手に!!」

急ぎ越後へもどり、軍編成をたてなおし、信州・川中島へ押し出した。

両雄の一騎打ちがつたえられる、かの有名な川中島決戦がおこなわれたのは、このときである。だが、双方の犠牲が大きかったにもかかわらず、勝敗は決しなかった。

そのころになると……。

箕輪は、長野業政の死をかくし終《おお》せることができなくなっていた。

業政の死後、一年余を経ており、どこからともなく、上州一円に彼の死についてのうわさがひろまりつつあったからだ。

この年の秋に、業政の死は公《おおやけ》にされた。

そして、十六歳の嫡子《ちゃくし》・業盛《なりもり》が、若き箕輪城主となった。業盛は千丸と同じ年に生まれた妾腹の子だが、長子・吉業が病死したため、後つぎとなったものである。

三

長野業政の死去を知るや、

「いまこそ、箕輪を落すべし!!」

武田信玄は着々と準備をととのえはじめた。

亡き業政にあしらわれ、何度も苦杯をなめてきているだけに、箕輪攻略にかけた信玄の執念《しゅうねん》はすさまじいものがある。

少しずつ、箕輪周辺の城や砦を攻め取って地がためをし、業政の死を知って動揺を見せはじめた諸方の武将を手なずけ、箕輪を孤立させようとはかった。

永禄六年二月。

武田信玄は、五万（あるいは二万ともいう）の大軍をひきいて、箕輪にせまった。

前年の冬から、すでに信玄は上州へ出張《でば》っていたという説もあるほどだ。

先ず、安中《あんなか》と松井田の両城が攻め落され、次いで内出、蔵人、礼応寺などの砦が落ち、箕輪は孤立した。

二月二十日……。

箕輪の南方三里のところにある若田原において、武田と長野両軍の決戦がおこなわれた。

このとき上杉謙信は武州や下野《しもつけ》の諸城を攻めていて、どうにも上州へは手がまわりかねている。

関東における武田・北条の共同作戦には、さすがの謙信も手をやいているかたちであった。

若田原一帯の戦闘は、二日にわたってつづけられたが、周辺の城や砦が次々に武田方に攻め落されてしまい、

「もはや、箕輪にたてこもるより道はなし!!」

藤井友忠は全軍をまとめて、箕輪城へひきあげて来た。

城主・長野業盛は、ときに十八歳。同年の妻を迎えたばかりのところである。

「よう、はたらいてくれた」

と、業盛は老臣・藤井友忠をねぎらい、籠城の準備にとりかかる間もなく、武田の大軍が波濤《はとう》のように押しよせて来る。

(もはや、これまでじゃな)

と、上泉伊勢守はおもった。

これまで、いかに武田信玄が攻めて来ても、箕輪城は周辺の諸城、基地の兵力をたくみに利用し、主として出撃戦をもって敵に対した。出撃あればこそ、堅城のちからが物をいうのである。

ところが、いまは、長野業政という雄将の死によって味方の諸城も砦も、みな武田方に降《くだ》り、または攻め落されてしまっている。

そのころの戦争というものが、どこまでも一人の最高指導者のちからによっておこなわれたということが、これでもわかる。

城の外部の諸方で、激戦がくり返された。

藤井友忠は、椿山砦の近くで武田信玄の一子・勝頼と一騎打ちとなったが、ついに打ち取られる。

ついで大手門も、甲州兵の反復攻撃に突き破られた。

城方の抵抗も猛烈をきわめ、大手門近くの戦闘では武田軍の死傷四百にもおよんだという。

「たとえ、この信玄ひとりになろうとも、この城を落さん!!」

武田信玄も眦《まなじり》を決していた。

この城の前城主になめさせられた苦渋を忘れきれるものではない。

夕刻になった。

城の各部で、次第に城兵が武田方へ降伏しはじめた。

このため、武田軍は箕輪城の東面へ迂回《うかい》することを得、城のもっとも弱い部門である〔搦手口《からめてぐち》〕から攻撃をかけることができたのだ。

「最後じゃな」

上泉伊勢守は、疋田文五郎以下五十余名の手勢をまとめ、稲荷曲輪《いなりぐるわ》で一息入れた。

城は、叫喚《きょうかん》と炎と血飛沫《ちしぶき》にぬりこめられている。

長野業盛が大薙刀をふるって敵兵二十八名を斬倒したのち、御前曲輪の持仏堂で自刃したのは、このころであったろう。

「よし。打って出ようぞ」

伊勢守は、しずかにいった。

大胡の城をまもる息・秀胤と、彼にあずけてある千丸のことも、こころに残らなかった。

ときに伊勢守秀綱、五十六歳。

敵兵の血に染《し》んだ黒の鎧《よろい》、剣成《けんなり》の兜《かぶと》に身をかためた伊勢守は、手兵と共に長槍をふるって稲荷曲輪から出撃して行った。

柳生の里

一

摩利支天《まりしてん》の戦旗を疋田文五郎にかかげさせ、上泉伊勢守は手兵五十名を〔竜の丸《たつまる》〕の陣形《じんけい》にそなえ、

「業盛《なりもり》公も自刃されたいまは、捨身《しゃしん》の奮進《ふんしん》あるのみ!!」

決然として、段丘の下にむらがる武田軍の真只中《まったただなか》へ駈け下ろうとしたとき、高らかに〔ほら貝〕が鳴りわたって、武田勢のうごきがぴ、た、りと静止した。

その敵軍の中から、従者五名をしたがえた武田信玄の使者があらわれた。

使者は穴山《あなやま》伊豆守信君《のぶきみ》で、信玄の姉聟《むこ》にあたる人物である。

「待て」

伊勢守も手兵を制し、穴山信君を迎えた。

「信玄公よりの口上《こうじょう》をおつたえ申す」

穴山信君は誠心《せいしん》を面上へあらわし、

「城も落ちたるいま、無益《むやく》の戦さをいたし、伊勢守殿ほどの天晴《あっぱ》れ兵法者を死なせてはならぬ。すでに手いたく御はたらきあっての上なれば、討死は無益でござろう。この上は天下のため、貴所の兵法を世にひろめられては……との御言葉にござる」

条理《じょうり》にかない、礼をつくした武田信玄のあつかいであった。

「ねんごろなるおおせにて、いたみ入り申す」

と、伊勢守も淡々としてこれをうけいれた。

この場合も、大胡の城を敵にあけわたしたときと同様、伊勢守は何事にもこだわらず環境の変化に応じ、溶《と》けこむという態度を見せた。

武田信玄は、伊勢守を麾下《きか》の将としてまねきたかったらしいが、

「長野家のほろびたるいまは、ただ独《ひと》り、剣の道に生きる存念にござる」

と伊勢守は執拗《しつよう》な信玄のさそいに応ぜず、信玄をさしおいて他家へつかえるようなことは決してせぬことを誓った。

剣士としてよりも、一軍の将としての上泉伊勢守を信玄は惜しんだのであろう。

武田信玄が〔信〕の一字を伊勢守にあたえ、以後は秀綱を信綱にあらためたのも、

このときのこととつたえられる。

伊勢守の手兵の大半は、大胡へもどされた。

「これよりは、大胡、上泉の地と城は、おぬしのものじゃ。これよりは何事もおぬしの一存次第《いちぞん》である。尚《なお》も上杉謙信公にしたがうもよし、武田、北条の傘下《さんか》に入るもよし。おもうままにいたせ」

と、伊勢守は息・常陸介秀胤《ひたちのすけひでたね》へいいわたし、疋田文五郎、神後宗治《じんごむねはる》の二人のみを供に、飄然《ひょうぜん》として上州の地を去った。

神後宗治は、武州・八王子の郷士の家に生まれたという説もあるが、ともかく早くから上州へうつり、長野家につかえた。伊勢守信綱には年少のころから剣をまなび、疋田文五郎と共に伊勢守直系の門下として双璧《そうへき》とよばれるほどの手練者《しゅれんしゃ》となったのである。

「五十をこえたいま、わしは、まこと新しきいのちをあたえられたおもいがする」

戦国の武将としての自分は消えた。

一個の剣士として自由自在に、ひろい世界を歩む新生のよろこびに、旅を行く伊勢守の面《おもて》は薔薇色《ばらいろ》にかがやいていた。

このころ、すでに伊勢守は、おのれの剣の体系を完成していたものと考えられる。

恩師・愛洲移香斎《あいすいこうさい》が創始した〔陰流〕の剣法によって開眼《かいげん》した伊勢守は、わが剣法を〔新陰〕流と名づけた。あるいは〔新影〕とも称している。

伊勢守の剣技は……。

およそ四にわけられ、それぞれに燕飛《えんぴ》、山陰《やまかげ》、月影《つきかげ》、松風《まつかぜ》などの秘伝、組太刀《くみだち》にわけられている。

これらの、伊勢守が体系づけた剣法は、現代の剣道の基盤となっているもので、筆者は若きころにまなんだ剣の技法から呼吸のととのえ方、こころのかまえ方などが、いかに伊勢守の〔新陰〕の影響をうけて完成したものかを、いま、あらためておもい知らされている。

この事をもってしても、上泉伊勢守の偉大さがわかるような気がする。

直感と、体得《たいとく》とによって、ようやく芽生え、受けつがれてきた日本剣道は、ここに伊勢守信綱によって体系づけられ、ひろく天下にゆきわたることになる。

竹刀《しない》を発明したのも伊勢守であった。

割った竹を束《たば》ね、これをなめし革《がわ》の袋へ入れてうるしをかけ、鍔《つば》もつけぬ竹刀がそれである。

それまでは木太刀か刃引《はびき》をした真剣をもって修行をしたもので、初心者の場合は死傷者が出ないわけにはゆかない。

このため、思いきって打ち合うことよりも、型をまなんで互いの打太刀《うちだち》は相手の肌へふれる寸前に止める。これを「つめる」といい、打太刀が肌に近く止まれば止まるほど「よくつめた」ことになるのだ。

初心者が、ここへ到達するまでは容易なことではない。

竹刀は、

「思いきったる修行のために……」

との伊勢守の考えから、生み出されたものであった。

いうまでもなく、竹刀は便利な稽古刀《けいこがたな》であるが、

「利便にまかせ、こころがこもらぬときは、むしろ害になろう」

伊勢守は疋田文五郎に、こう洩《も》らしている。

さて……。

関東から西へ、伊勢守一行の旅はつづいた。

伊勢守にとって、はじめて見る国々の風景が展開し、諸国の大名や武人にも会うことを得たのだが、伊勢守の人格と剣名は、すでに諸方へひろまってい、伊勢の国司・北畠具教《とものり》や、織田信長から清須の城へまねかれたのも、この旅においてであった。

二

伊勢守一行が、尾張へ入り、大刹《たいさつ》・妙興寺のあたりまで来かかると、道に村人がむらがり、いずれも血相を変え、怒りと不安の入りまじった只ならぬ様子で何事か談合している。

疋田文五郎が、

「なんぞ異変か?」

と、問うや、村人たちは伊勢守三人の武士を見て駈けあつまり、くちぐちに語りはじめた。

狂暴な無頼漢《ならずもの》が、村人を斬り殺し、追いつめられたので村の幼児をうばい、これを抱えて妙興寺境内の納屋《なや》へ逃げこんだという。

「夜が明けても、子供を助け出せぬのでござります。そやつめが、刀の、抜身《ぬきみ》をもっておりますで……」

きくや、疋田文五郎と神後宗治が妙興寺へ向って駈けつけようとするのを、

「待て」

と、伊勢守が制し、傍の民家へ入って、村人たちに、

「たれぞ、剃刀《かみそり》をもて」

と、いう。

剃刀がとどくと、神後宗治に、

「わしがあたまをまるめよ」

と、命じ、さらに村人たちへ、

「寺へ行き、衣《ころも》、袈裟《けさ》、数珠《じゅず》を借りてまいれ。そしてな、にぎりめしを二つほど、支度せよ」

にこやかにいいつける。

そして僧侶の姿になると、両刀のかわりに二箇のにぎりめしを持ち、妙興寺の納屋へ近づいて行った。

「だれだ!! 近よると子供のいのちはないぞ」

納屋の中から乱心者が怒鳴《どな》った。

伊勢守が、おだやかにこたえた。

「戸の隙間《すきま》から、とくとごらん。わしは坊主じゃよ。仏《ほとけ》の御慈悲《じひ》をもって、にぎりめしをまいらせる」

「何だと……?」

「子供に食べさせてやってくれぬか。さぞ、ひもじかろう。おぬしも食べるがよい」

「毒を入れたな」

「毒が入っているかどうか……さ、そこの戸を、もそっと開けなされ。二つ抛《ほう》ってあげもそう。どちらでもよいほうを先ず子供に食べさせたらよい」

戸が開いた。

乱心者も空腹にたえかねていたのであろう。

「それ一つ。うけとめるがよい」

伊勢守が尚も戸口へ近づき、にぎりめしの一つをほうると、男は左手でこれを受けた。

「それ、もう一つ」

と、残りの一つをほうった呼吸が乱心者の狡智《こうち》をよぶ間《ま》をあたえなかったので、おもわず刀をはなした右手でこれを受けとめた一瞬、伊勢守信綱の体軀が矢のように納屋の中へ躍り入った。

「あっ……」

絶叫をあげた乱心者は、わずかに右手のにぎりめしをはなしたのみで、伊勢守に捩《ね》じふせられていたのである。

このはなしを「嘘」と見る人もいる。

しかし、上泉伊勢守の剣の道は、この旅の一挿話に尽きるといってもよい。伊勢守の〔剣〕は、人を殺傷するためのものではなく、人を活《い》かすためのもの、いわゆる活人剣《かつじんけん》の妙諦《みょうてい》につきるからだ。

京の都へ入ってからの伊勢守のもとへは、

「一手の御教えを……」

と訪問して来る武人たちが絶えない。

相国寺《しょうこくじ》に滞在しているうちに、正式の試合を申しこんでくる者も多かったが、伊勢守は、いずれも辞退をしている。

その中に、

「十河《そごう》九郎兵衛高種《くろうびょうえたかたね》と申す。ぜひとも手合せを……」

と、使者を送って来た者がある。

「十河……」

ときいて、疋田文五郎の面上が緊迫をした。

十河九郎兵衛の剣名は都に高い。

九郎兵衛は、三好長慶《みよしながよし》の弟・十河一存《かずまさ》の一族で、中条流の剣法をまなび、のちに一派を生み、これを〔太虚流《たいきよりゆう》〕と称し、その猛烈をきわめた刺撃《しげき》によって試合の相手が何人も死傷しているという評判を、京へのぼってからの伊勢守は耳にしている。

だが、疋田文五郎が、

「もしや……?」

と、師の顔色をうかがったのは……十七年前の天文十五年の晩秋、赤城山の修行場に伊勢守を襲った三人の剣士のうち、最後にあらわれ、伊勢守の二指をもって左眼を突き刺された男のことであった。

あのとき「十河……」とのみ、男の姓をきいてはいたが、京へ来て見て、彼の評判をきくにおよび、

「やはりあのときの……」

と、伊勢守も文五郎も思い至った。

十河九郎兵衛の左眼がつぶれていることも、その評判のうちにふくまれていたからである。

十河家の本家ともいうべき三好長慶は、管領・細川晴元の執事《しつじ》から成り上り、ついに足利十三代将軍・義輝を追放するほどの権謀《けんぼう》をふるい、幕府の実権者として京の都を支配するまでになった武将である。十河一族がこれを助けて活躍したのも当然で、

十河九郎兵衛も畿内《きない》における騒乱のたびに血しぶきをあびてきている筈だ。

「辞退せよ」

伊勢守は、ただちに九郎兵衛の試合申入れをことわった。

「それがしの名をきいて辞退せらるる筈はなし、とのことにござる」

と、使者は執拗に足をはこび、九郎兵衛のことばをつたえる。

伊勢守は動じない。ことわりつづけるだけなので、疋田文五郎も、

「この上、御辞退なされましては、御名《おんな》にもかかわりましょう」

といったが、

「いらぬことよ」

師は、うけつけようともせぬ。

大和国・柳生《やぎゅう》の庄を領する柳生但馬守宗厳《たじまのかみむねよし》から使者が来て、

「ぜひとも柳生へ御立寄り願いたし」

と丁重《ていちょう》をきわめた招待《まねき》があったのは、このころであった。

柳生宗厳の人柄を、伊勢守は北畠具教からつたえきいている。

「柳生へまいってみよう」

ただちに腰をあげ、京を発して奈良へ向った。

三

京から奈良へ至る道すじにも、柳生の家来たちが出張《でば》ってい、伊勢守一行のもてなしに心をくばった。

奈良では宝蔵院《ほうぞういん》が宿舎にあてられた。

この寺の胤栄《いんえい》法師は鎌槍の名手でもあり、宝蔵院の槍といえば武芸者の知らぬものはない。

柳生家と宝蔵院との関係はふかく、柳生但馬守宗厳が先ず伊勢守をこの寺へ迎え、みずからあいさつにまかり出たのは、あくまでも、まだ見知らぬ伊勢守への心服《しんぷく》があらわれたものであろう。

こうした柳生宗厳の誠心は、すぐさま伊勢守のこころへつたわらずにはいない。

「一手の御教えを……」

と願い出た宗厳に、伊勢守はこころよくうなずき、

「では、疋田文五郎が御相手をつかまつる」

と、いった。

見ようによっては、自分の弟子でたくさんだといっているようにもとれたが、宗厳

は、つつしんでこれを受ける。

柳生宗厳は、若きころより戦陣にはたらき、諸流の刀槍の術をきわめ、なかにも新《しん》当流《とうりゅう》をまなんで五畿内随一の兵法者とよばれていた。

ところが……。

立合ってみると、文五郎を打ちこめない。

文五郎に勝てぬということは、当然、伊勢守に勝てぬことになるのだが、柳生宗厳には勝負をいどむつもりはなく、あくまでも謙虚《けんきょ》に教えを請《こ》う熱情にあふれてい、文五郎に負けたことによって、伊勢守への憧憬《どうけい》はふかまるばかりとなった。

一夜明けて……。

「それがし、御相手をつかまつろう」

上泉伊勢守は独自の竹刀をとって宝蔵院の講堂へ、柳生宗厳をまねいた。

宗厳の歓喜、感動はいうをまたぬ。

初冬の朝の陽が、窓の外に白く光っている。

講堂には、胤栄法師、疋田、神後の三名のみが両者の立合いを凝視《ぎょうし》しているのみだ。

ときに、柳生宗厳は三十七歳。

上泉伊勢守五十六歳である。

立つや……。

伊勢守は、右手の竹刀を下段につけ、これを中段に上げつつ左手をそえて双手太刀《もろてだち》となり、するすると間合いをつめながら、さらに上段のかまえとなる。

あっ……という間もなく、間合いをつめられて柳生宗厳が居たたまれずに、

「曳《えい》!!」

引きこまれるかのように打ちこんだ。

いや、打ちこまんとした瞬間……。

「む!!」

ぴしりと、伊勢守の竹刀の太刀先三寸が、柳生宗厳の木太刀の柄《つか》をにぎる両拳《こぶし》を打ちすえていたのである。

「おそれいりました」

「いま一度……」

めずらしくも、伊勢守からうながした。

「はっ……」

次も……。

間合いをつめ合い、打ちこんだ宗厳の木太刀が相手へふれる機先《きせん》に、早くも伊勢守

の竹刀は宗厳のひたいすれすれに勝ちつめてい、

「むう……」

柳生宗厳は全身を冷汗にぬらすばかりであった。

次の日の三度目の立合いも同様の負けである。

そして、上泉伊勢守一行は奈良をはなれ、東方四里の柳生の里へおもむき、柳生屋敷へ滞在することになった。

宗厳の父・柳生美作守《みまさかのかみ》家厳《いえよし》も六十をこえて健在であり、柳生家をあげてのもてなしには、伊勢守も強くこころをうたれたものらしい。

伊勢守一行が奈良へ到着したとき、柳生家から早速にとどけられた進物は、

〔馬一頭、平樽酒（六升入り）二、塩鯛五、昆布五把、赤飯一荷〕

であったそうな。

伊勢守は居ごこちよく、柳生の里で永禄七年の正月を迎えた。

二月中旬となって……。

上州からの思いもかけぬ悲報が、伊勢守へとどいた。

瀬田の白雨

一

その知らせは、伊勢守の嫡子《ちゃくし》・上泉常陸介秀胤《ひたちのすけひでたね》の戦死を報じてよこしたものである。

「おもうままにせよ」

と父・伊勢守から大胡城主の地位をゆずりわたされた秀胤は、北条氏康の麾下《きか》へ馳《は》せ参じた。

彼もまた、国峰城主・小幡信貞とおなじように、

「上杉よりも北条、武田の旗のもとに入って生くるが正しい」

と、断じたものであろうか。

この年の正月、北条氏康にしたがい、上泉秀胤は下総《しもうさ》に出陣して、里見義弘の軍勢と戦った。

そして、二十三日の高野台《こうのだい》(現国府台)の戦闘において討死をとげ、秀胤は三十五歳の生涯を終えたのである。

柳生家で、このことを知ったのは半歳を経て後のことだ。伊勢守信綱は、上州からこの知らせを持って来た旧臣・田島勘蔵にも、疋田、神後の両高弟にも、

「洩らすな」

と、命じ、

「いささか所用の出来《しゆつたい》いたし、上州へ立ちもどらねばならなくなりました」

柳生父子へは例のごとく、にこやかな、しずやかな態度を変えることなく、別れをつげた。

このときに際し、上泉伊勢守は、疋田文五郎、神後宗治の両名に向い、

「そこもとたちへは、このわしのすべてをつたえつくした。この後は、そこもとたちみずからの発意《ほつい》によって、みずからの剣法をおこし、独自の道をあゆむがよい」

といいさとし、同道をせがむ二人をあくまでも突きはなし、田島勘蔵と共に上州へ帰って行った。

大胡へ帰った伊勢守は、常陸介秀胤の遺体を、上泉城の曲輪《くるわ》内にある西林寺へ埋葬した。

旧臣たちは、伊勢守が大胡城主に復帰してくれるのをねがってやまなかったが、

「いまのわしは、もはや戦国の将としてのちからを失っておる」

伊勢守は承知せず、十九歳の若者に成長している、あの千丸へ、

「以後は、主水憲元《もんどのりもと》と名のれ」

と、いった。

大胡にも上泉にも、春の強風が吹きまくっていた。

「主水は、どこまでも戦国の士として生くるつもりか?」

この伊勢守の問いに、主水憲元は、

「はい」

きっぱりとこたえた。

「よし。父御・小幡図書之介殿の名をけがすまいぞ」

伊勢守は自分と亡き於富との間に生れたこの若武者が、亡母そのままの気性をうけついでいることをあらためて知った。

主水は、あくまでも小幡図書之介の子だとおもいこんでいるし、これはまた上泉家の家臣たちも同様なのである。伊勢守は、紅梅白梅の咲きにおう上泉の居館に数日をすごしていたが、或朝、主水憲元が大胡からあいさつに出向くと、

「大殿《おおとの》が、いつの間にやら旅立たれまいた」

田島勘蔵が狼狽《ろうばい》してつげた。

伊勢守の居室の机上に、憲元へあてた手紙が置きのこされてあった。

伊勢守信綱は、こういっている。

「……人は天地の塵《ちり》ぞ。塵なればこそのいのちを思いきわめ、塵なればこその重さを知れ。塵となりつくして天地に呼吸せよ。……ふたたび、出会うこともあるまじ。さらば、さらば……」

三十六年後の慶長五年……。

あの関ヶ原合戦がおこった折に、波瀾《はらん》の世を生きぬいた上泉主水憲元は、上杉景勝にしたがい、関ヶ原の前哨戦ともいうべき奥州にあらわれ、長谷堂《はせどう》の戦闘に討死をとげている。

諸軍記は、かれ憲元を伊勢守の弟としるしているようである。

ところで……。

伊勢守は翌永禄八年の晩春になると、ふたたび飄然《ひょうぜん》として柳生の庄へあらわれた。

柳生家のよろこびはいうをまたない。

伊勢守が、柳生但馬守宗厳に、新陰流の印可状《いんかじょう》をあたえたのはこのときであった。

これは柳生宗厳に対し、

「わが剣法の奥儀を、あなたにさずけましたぞ」

と、伊勢守がみずから証したことになる。

柳生のよろこびはいうまでもなかったが、初めて会ってからわずかに二年、表むきの交誼《こうぎ》も浅いと見てよい柳生宗厳を、（かれこそ、わが剣をつぐものである）と見きわめた伊勢守の目を通じて、宗厳の人格も、およそ知れようというものだ。

この大和国・添上郡・柳生谷の地を領し、戦乱絶え間もない時代を、さまざまに主《あるじ》を変え、鎌倉の時代《ころ》よりれんめんとして領地と家名をまもりつづけてきている柳生家が恐るべき時代の波にもまれつくされつつ、尚も一門の結束と、これをひきいる当主の醇乎《じゅんこ》たる本質が失われずにいることに、伊勢守は感動をした。

この年の初夏。

室町将軍（十三代）足利義輝《あしかがよしてる》が、京の居館で害せられた。

剛毅《ごうき》なこの将軍が自分たちの傀儡《かいらい》にならぬため、三好義継《よしつぐ》と松永久秀《まつながひさひで》が共謀して夜討ちをかけたのである。

義継は三好長慶《ながよし》の養子であり、松永久秀は三好家の家臣であったものが次第に成り上り、いまや主家をしのぐ勢力をそなえるにいたった戦国大名であった。

塚原卜伝《ぼくでん》の愛弟子でもあった将軍・義輝は数本の長剣をぬきおいて、取りかえ取りかえ斬ってまわり、一時は賊兵どもも恐れて近よりかねたという。

将軍を討ちとめたのは、松永の家来で池田丹後《たんご》という者だそうであるが、将軍をまもって闘う侍臣たちを一手にひきうけ、十数名を斬殪《きりたお》し、刺殺《しさつ》した三好の手の者がいる。

「十河九郎兵衛《そごうくろうびょうえ》にちがいない」

との風評もっぱらである。

四国の十河家と三好家の関係は周知のことだし、九郎兵衛は、その十河一族なのであるから、この夜討ちに彼が、あの豪剣をふるったとしても、ふしぎではあるまい。

ともあれ、日本の首都において、このような集団暴力が横行する世の中なのだ。

ときに柳生家は松永久秀に臣従していたが、この夜討ちには、むろん参加をしてはいない。

秋になって、上泉伊勢守が京へ出て相国寺に滞在しはじめると、

「ぜひにも試合《てあわせ》を……」

十河九郎兵衛高種からの申しこみが、またも執拗《しつよう》にくり返された。

二

十河九郎兵衛を相手にせぬ伊勢守信綱であったが、丸目《まるめ》蔵人《くらんど》、松田織部之助、那珂《なか》

弥左衛門など、諸方の剣士たちの中でも都に名のきこえた人物が伊勢守門人となって私淑《ししゅく》した。

翌年の春になり、伊勢守は三たび、柳生の里をおとずれた。

これは、去年、柳生を去るにあたり柳生宗厳に一つの宿題をあたえておいたからである。

それは、

「自分は多年にわたり、相手の太刀をうばい取り、これを制する無刀《むとう》取《ど》りの道を工夫錬磨してまいったが……なれど、信綱が体得のみならず、この無刀取りの術、その組太刀までは、いまだに開明いたさなんだ。これは、そこもとにぜひ、工夫発意をねがいたい」

と、いうものであった。

一年を経たいま、師を迎えた柳生宗厳は、

「いささかながら、工夫もつきましたれば……」

このごろの伊勢守につきしたがっている門人の鈴木意伯《いはく》を相手に無手をもって術技を見せることになった。

鈴木意伯は五十をこえた老年ながら、いつ、どこからともなく伊勢守の身辺にかしずいている門人である。

先ず、無刀の術。

するどく打ってかかる意伯の木太刀の柄《つか》は、たちまちに柳生宗厳の手につかまれ、

「曳《えい》!!」

裂帛《れっぱく》の気合と共に、その木太刀は空を切って舞い飛んだ。

次は手刀《しゅとう》の術。

これは手刀《てがたな》をもって相手の腕と太刀を押え、太刀をうばいとる。

さらに、無手《むしゅ》の術。

これは、相手を組みふせてしまうわけだ。

この三つの型を見終えたとき、伊勢守信綱は、

「よき哉《かな》、よき哉」

満面に歓喜の色をうかべ、手をうってほめそやしたそうな。

この日。伊勢守は兵法・新陰流第二世の正統を承《う》けつがしめると共に、自筆の新陰流・秘書、目録四巻をもゆずりわたした。

感涙にむせぶ柳生宗厳へ、伊勢守はこういった。

「暗雲たちこむる世なれども、わが剣法は、わがいのちでおざる。人のいのちはいか

なる世においても必ず次の世にうけつがれゆくべきもの。信綱、わがいのちをそこもとへゆずりわたし、いまは、こころにのこる何ものもなし」

この夏、伊勢守は老弟・鈴木意伯をつれて柳生を発し、いずこともなく旅立って行った。

このときより、二ヵ年ほどは伊勢守の足どりが不明である。おそらくは諸国をおもうままに歴遊《れきゆう》していたものであろう。

永禄十二年正月になって……。

六十二歳になった上泉伊勢守が、京へもどって来た。

伊勢守の名望はもはやゆるぎないものとなり、新陰の剣法は、

「日本第一流」

と、天下のみとめるところとなった。

足利十五代将軍・義昭《よしあき》の兵法指南をつとめ、権大納言《ごんだいなごん》・山科言継《やましなときつぐ》の知遇を得るようになったのも、このころであろう。

山科言継は、当時の皇室財政を一手にきりまわしていたほどの人物だし、当代きっての文化人でもあった。

〔言継卿記〕とよばれる山科大納言の日記には、上泉伊勢守との交流が、きわめてふ

かく、伊勢守が頻繁《ひんぱん》に山科邸を訪問するありさまが記されている。

その日記によれば……。

伊勢守は、この大納言と酒もくみかわすし、将棋、双六《すごろく》などもたしなみ、伊勢守が兵法、剣技を見せれば、山科卿が二種の薬をあたえ、この処方を教えたりしている。

二種の薬は、腹痛、吐瀉《としゃ》、脚気、打身、切傷の妙薬で、旅行者には貴重なものであったらしい。

元亀元年の夏になると、伊勢守は正親町《おおぎまち》天皇に、兵法をごらんにいれ、この後、従四位下、武蔵守《むさしのかみ》に叙任《じょにん》された。

いまや伊勢守は、天下の名士であった。

山科大納言は、しきりに、

「新邸をかまえられては？」

と、すすめたが、なぜか伊勢守は承知をせず、相国寺にとどまりつづけている。

圧倒的な新陰流の隆盛ぶりと伊勢守の人気に反撥《はんぱつ》をする人びとも出て、

「竹の刀をふりまわして、公卿どもに取り入り、官位まで得んとするは、武人の風上《かざかみ》にもおけぬまやかし者じゃ」

と、叫びたてるものもいる。

伊勢守が、これらの声を相手にしなかったのはむろんのことだが、元亀二年七月はじめの或日、

「奈良をたずねたので、立ちより申した」

ふらりと、伊勢守が鈴木意伯をともない、柳生の里へあらわれた。

しばらく滞在をして京へもどって行ったが、この別れに際し、めずらしく伊勢守が顔に血をのぼらせ、柳生宗厳の両手をにぎりしめ、かるく、何度もうちふって、これをはなしがたい風情を見せたという。

笠置まで伊勢守を見送った柳生宗厳は、従者をかえり見て、

「師は、ふたたび、柳生に御足をおはこびなさることはあるまじ」

と、いった。

京へもどるや、伊勢守は山科言継をたずね、

「所用ありて故郷へもどることになりました」

とのみ告げ、鈴木意伯をも京に残して、旅立って行った。

三

京を発した伊勢守信綱は、琵琶湖の南岸を大津、膳所《ぜぜ》とすぎ、ゆるゆると歩をはこ

びつつ、鳥居川の村をぬけ、瀬田の橋にかかった。

冬ならば夕闇も濃くなりかかる時刻《ころ》だが、空は残照ともおもえぬ晩夏のあかるさで、ただ生ぬるい風が疾《はし》り、雲がしきりにうごいている。

このときの瀬田橋は長さ約百五十間（二百七十メートル余）。瀬田の唐橋《からはし》とよばれるこの橋は往古から数々の戦乱に焼きはらわれ、洪水に押しながされつつ、絶えず修理され、かけ直されてきた。都と近江国を通し、文明の〔かけ橋〕とうたわれたほどの名橋である。

伊勢守が、この橋へかかったとき、頭上にうす雲がおおい、沛然《はいぜん》と雨がたたいてきた。

橋上を、あわただしく走りすぎる旅人たちの中を、塗笠をかぶった伊勢守が歩調も変えずにすすむ。

と……。

瀬田橋の中ほどの欄干《らんかん》にもたれていた大兵《たいひょう》の武士が屹《きっ》と向き直り、

「久しゅうおざった」

伊勢守へ声を投げた。

武士の左眼はつぶれている。

立ちどまり、笠のうちから相手を見て、

(十河九郎兵衛か)

伊勢守も、ただちに感得をした。

天文十五年の晩秋。赤城山の修行場で九郎兵衛の挑戦をうけてより二十五年を経ていた。

五十をこえて尚、十河九郎兵衛は、かつて伊勢守が「金剛神《こんごうじん》の彫像を見るような……」と評した巌《いわお》のごとき風貌を失ってはいない。

「試合《てあわせ》を……」

といい、九郎兵衛が長槍をかまえたとき、両者の間合いは約五間であった。

いつの間にか……九郎兵衛と自分の背後から、ひたひたと橋上へ押しつめて来た人数は二十一名。十河一門の武士たちにちがいない。

「試合を!!」

じわじわと間合いをせばめつつ、ふたたび、九郎兵衛が叫ぶようにいった。

「無益《むやく》」

伊勢守が、こたえる。

「試合を!!」

「無益」

間合いは三間にせまった。

ここで十河九郎兵衛は静止した。

白雨がしぶく橋上に凝固《ぎょうこ》たる時がながれた。

そして、無言のまま九郎兵衛の長槍が伊勢守の胸板めがけてくり出された。

事もなげに、その槍のけら首をつかんだ伊勢守が、するするとつけ入らんとするとき、

「たあっ!!」

十河九郎兵衛はみずから槍の柄をはなし、腰間《ようかん》の大刀ぬく手も見せぬ電光の一撃……。

ばさっ……と、伊勢守の塗笠のふちが切り割られた。

白雨の中に、切って放した矢のごとく二人が飛びちがい、さらに向き合ったとき、

「むう……」

ひくい呻《うめ》きが、九郎兵衛の唇《くち》から洩れた。

伊勢守は、右手に白刃をひっさげたまま、塗笠の切目《きれめ》から、しずやかに九郎兵衛を見つめている。

九郎兵衛の唇から血の泡がふきこぼれた。

九郎兵衛の巨体が、重い板戸でも押し倒したように橋板へ転倒した。

「おのれ!!」

「逃《の》がすな!!」

おめき声をあげつつ、橋の両側から十河一門二十一名が伊勢守へ殺到したのは、このときであった。

橋上を、十河一門の士が白刃を閃《ひら》めかせ、気合声を発しつつ烈《はげ》しく飛び交《か》い、駈けまわっている。

笠もとらぬまま、伊勢守信綱の老体は、そのすさまじい剣の輪の中で、絶えず一定の間合いをたもちつつ、ゆったりと揺れていた。

その、ひとゆれごとに、十河一門の絶叫があがった。

血飛沫《ちしぶき》が雨の幕に溶けていった。

雨があがり、夕焼けの光りが瀬田橋へ落ちかかったとき、すでに伊勢守のすがたは橋上にない。

橋上に散乱してうごめく二十一名の士は、それぞれに腕、足を切り飛ばされ、血のにおいに噎《む》せ返っていたけれども、即死した十河九郎兵衛のほかは、後に落命したものが一人もなかったという。

このときより、上泉伊勢守信綱の消息を、世のひとびとはきかなかった。

『一つの太刀』

新当流　塚原卜伝

津本陽

津本陽（1929〜）

本作は、昭和五十七年五月から「小説現代」に連載された「塚原卜伝十二番勝負」のうちの「第七番」として発表された。翌年、『塚原卜伝十二番勝負』が講談社より刊行され、六十年に講談社文庫より文庫版が刊行されている。本書収録にあたっては、『津本陽歴史長篇全集第三巻』（角川書店）を底本とした。

暁闇《ぎょうあん》をひきさいて、一番鶏が啼《な》いた。塚原新右衛門は、鹿島神宮拝殿の板敷に結跏《けっか》趺坐《ふざ》して、夜明けをむかえようとしていた。梅花はすでにひらいていたが、二月の常陸の寒気はきびしい。

半眼をみひらいた新右衛門の頭上で、鹿島灘から吹く海風をうけて、松籟《しょうらい》が奥ふかく鳴っていた。

「まもなく朝だ」

鳥の啼声が、しだいにふえてきた。やがて二番鶏のしわがれ声が凍った大気をひとしきりひきさき、星がいつかまばらになった。

新右衛門は墨染の半袴《はんばかま》で床板を掃き、赤樫《あかがし》の木刀をとって立ちあがった。上着は白木綿の帷子《かたびら》いちまいであるが、寒さは覚えない。

彼はまもなく眼前に神があらわれるのを待っている。心を目先の一点に集中してみつめ、他のいっさいの有縁《うえん》は意識のしきいから放ちすてている。

神のみを念じて、他の思いを眠らせる、半醒半睡の境地は、ひと月まえの霜凍る夜に、神域の奥処《おくか》にある御手洗池《みたらい》の氷を割り、水垢離《みずごり》をとっているうちに、突如として眼前にひらけたのである。

その夜は西風が吹きつのり、寒さは肌をやぶるようにきびしかった。褌《ふんどし》ひとつの赤裸となり、池の水を手桶で浴びると、全身の皮膚は火にあぶられるようにうずき、足のうらが石に凍りついて、歩むときにはがれるように痛んだ。

新右衛門はすでに水垢離の苦行を、四十日ちかく続けていた。池の分厚い氷を割って、水中に肩先まで沈み、九字《くじ》を切ったまま、彼は無念無想でいた。

彼の眼に、何のまえぶれもなく、いきなり白衣白袴の人の姿が映じた。神だととっさに感応するものがあった。神は背後にいる。

新右衛門は、背後にあらわれた神の姿が、心眼にうつったふしぎに気づくより先に、池から躍り出ていた。

彼は感動して全身がしびれるようであった。眼前の闇に銀光を放って浮き出ているのは、生家卜部《うらべ》吉川家の始祖、雷大臣命《いかずちのおおおみのみこと》四世の孫、不世出の剣聖として「神妙剣」の位を得た、国摩真人《くになずのまひと》の霊魂ではないのか。

神は腰間《ようかん》から韴霊剣《ふつのみたまのつるぎ》であろう直刀《ちょくとう》を鞘《さや》ばしらせ、しずかに剣尖《けんせん》を下げ、下段のかまえをみせた。

新右衛門は誘われるように、木刀を上段にふりかぶる。どれほどの時間を対峙《たいじ》していたのかわからなかったが、神の姿はしだいにうすらいでゆき、輪郭だけが淡い形を保っていたが、やがて消え、もとの闇がもどった。

新右衛門の胸裡《きょうり》には、凜然《りんぜん》とした剣気がみなぎっていた。眼前をふさいでいた壁が、くずれおちたような爽快な気分が、いつまでも尾をひいていた。

新右衛門が鹿島の宮で千日参籠《さんろう》の行に入ってから三年めの永正十八年（一五二一）一月半ばの出来事であった。

彼は、永正十年（一五一三）十月、大和の国十市《とおち》の荘で、稀世《きせい》の剣客浅山太兵衛と立ちあって後、帰郷を思いたつが、足利幕府管領代大内義興の京都室町屋敷で、なお五年を過ごした。彼の人となりを愛する重職平賀丹後をはじめ、弟子となった家士たちにひきとめられたからである。

その間に、新右衛門は海内《かいだい》に高名の聞えた武辺者たちと、他流試合の数をかさねた。鹿島の剣をあやつる新右衛門は、陰流、京流の使い手たちに、東国の武芸の代表者と目されて、うち倒すべき目標とされていた。

とくに陰流の兵法者どもは、気性が荒い。十市の荘からの帰途、大和の国筒井の荘の住人、松岡藤忠に勝負をいどまれ、討ちとってから後は、その仲間が新右衛門を仇敵とつけねらうようになっていた。

陰流は熊野射和《いざわ》の豪族愛洲移香斎《あいすいこうさい》が編みだした流儀である。移香斎は享徳元年（一四五二）にうまれ、若年のうちに関東から九州、琉球、明にまで放浪した倭寇《わこう》であった。

三十六歳のとき、日向鵜戸《ひゅうがうど》の岩屋に参籠し、満願の夜に神の化身の猿より剣の奥義を授けられ、「陰の流《かげりゅう》」をひらいたのである。

新右衛門は陰流の兵法者に他出の途中を幾度か待ち伏せられ、不意うちをくわされるが、そのつど斬りぬけてきた。

永正十五年四月、新右衛門は山崎左門とともに京都を出立し、なつかしい故郷鹿島への帰路についた。帰国の理由は、大内義興が突然領国の周防《すおう》に兵をひきあげる意向をあらわし、平賀丹後が先行して京都をはなれたからである。

大内義興は、一万近い軍兵を京都にとどめるための出費を軽減し、周防の隣国を押領して、勢力を伸ばしはじめた尼子経久《あまこつねひさ》に対抗するために、急遽《きゅうきょ》自領に戻ることに決めたのであった。

新右衛門主従が塚原城に戻ったのは、ひと月後であった。新右衛門が京都で香取鹿島の剣名を高揚して、無事に帰国したことを祝い、親族の剣士がこぞって塚原城に集まった。

養父塚原土佐守安幹《やすもと》は、香取神道流の始祖、飯篠長威斎《いいざさちょういさい》の高弟である。生家卜部吉川家の祖父呼常《よびつね》、父覚賢《あきかた》、長兄常賢《つねかた》は、いずれも鹿島中古流の名手であった。ほかに、吉川家と並んで鹿島神宮の祝部《はふり》をつとめ、鹿島四宿老の一人として声望のたかい松本備前守政信がいる。

備前守は飯篠長威斎の門より出て、鹿島神陰流を創始し、その実力は鹿島七流随一と称されていた。彼は新右衛門が十歳の頃から剣を教えた師匠である。

備前守は新右衛門と会い、その面構えを見るなり告げた。

「新右衛門、大機《だいき》大用《だいよう》、神通神変の機をわきまえて戻ったな」

大機とは、強い意志、判断力をいう。大用とは、大機が外にあらわれて大きなはたらきをなすことである。神通神変とは、稽古の型にとらわれず、武器を臨機応変にあつかい、相手のうごきに応じて自由自在にはたらくことである。

備前守は、十六歳で郷国を旅立ってより十三年の間に、試合と合戦の体験をかさね、刃に衂《ちぬ》って生き抜いてきた新右衛門の相貌を一瞥《いちべつ》しただけで、力量の上達を見抜いていた。

大機を身につけた者は、行住坐臥《ぎょうじゅうざが》のすべてに隙がなく、とっさにおこるかもしれない変事に対応する身の構えを、くずすことがない。

そのため、心を鍛えず稽古のみの剣法を身につけた兵法者は、大機の者に見詰められるだけで心を奪われ、太刀を抜くことを忘れてしまうのである。それは蛇に睨《にら》まれた蛙が、身うごきできなくなるのと、おなじことであった。

「新右衛門、立ちあおうぞ」

備前守は新右衛門を道場へ誘った。

二人は親戚一統が見守るなかで、襷《たすき》鉢巻をつけ、木刀をとって向いあった。気合をかけあい、備前守は右八双、新右衛門は下段にかまえた。新右衛門は備前守の突きさすような視線をはねかえし、眼を見かわす。備前守は五十四歳、鬢髪《びんぱつ》に霜を加えているが、なめし革のように柔軟に鍛えあげた身の構えに、おとろえは見えなかった。

新右衛門は少年の頃、備前守と立ちあうと、打ちこむ手筋をつかめず茫然自失するのみであった。身ごなしのどこにも隙をみせてくれず、押しまくってくる備前守の鋭鋒のまえに萎縮し、叱咤《しった》され泣きだしたことも数えきれなかった。

彼は備前守に一手うちこみたさに必死の修行をつみ、技をみがいたのであった。備前守は、塚原土佐守や吉川覚賢とはまったくことなる手段で、新右衛門を鍛えた。

新右衛門が鹿島の太刀を後世に伝える非凡の質をそなえていると見抜いたうえで、彼の前に立ちふさがる壁となり、その自信を粉砕しつづけた。

十六歳で武者修行に出立するとき、新右衛門は備前守とたちあい、十本にかろうじて一本の勝ちを得るまでに、上達していたが、木刀の剣尖をまじえたときの身のすくむ思いは、おさない頃とかわらなかった。

「これが備前守の手のうちか。やはり昔と変らぬ剣の詰めじゃ」

新右衛門は備前守を睨みかえしつつも、しだいに気圧《けお》される。

備前守は爪先でわずかずつ左方へうごいていた。しだいに機が熟し、彼は頰に朱を注いだ。

「ええっ」

八双の剣尖が、地軸をうち割るいきおいで新右衛門の左肩にうちおろされた。新右衛門は右足をうしろに引き備前守の刀身を下からはねあげつつ、右足を踏みだして面を打つ。

備前守が頭上に刀身をよこたえて新右衛門の刀をうけ、反撃にうつろうとしたとき、新右衛門は足を払う。備前守が飛び下ると、新右衛門は右片手で横面をうち、払いのけられると、とっさに腋の下をついた。

備前守は身をかわしたが、小袖の脇腹を木刀にひっかけられ、大きく裂かれた。

備前守は猛然と反撃に出た。右片手、左片手の目にもとまらぬ打ちこみを新右衛門の両鬢にみまい、疾風《はやて》のように胴を抜く。新右衛門は攻め技を軽やかにしのぎ、面をうちかえすなり、しゃがんで備前守の喉を突きあげた。

かつて京都で鞍馬《くらま》流の使い手大野秀孝をうちとめた捨て身技を、備前守はしのぎきれなかった。

「参ったぞ、新右衛門。心は万境にしたがいて転ずと申すが、お前の業前《わざまえ》も至極の境地に至りしものじゃな」

備前守は新右衛門の上達をほめたたえた。

「お前はやはり鹿島の剣を、後世にのこすべき武夫《もののふ》じゃ。京より戻りし後は、いかなる修行を積むつもりでいるのか」

新右衛門はため息をついて答えた。

「私はさきほど大機大用とおほめにあずかりましたが、たしかに臨機のはたらきは覚えました。しかし、ひとを斬るはたやすく、我が身を斬られぬようにするのは、まことにむずかしゅうござる。果たしあいのとき、合戦のときはひたすらおそろしきばかりにて、相手を斬りしは、たまたまわが身に運がそいしゆえであったとしか思えませぬ。かくのごとき、頼りなき刀術に命をあずけおくことが、心細うてなりませぬ。はじめの頃は無我夢中にはたらいたものでござったが、斬りあいの駆けひきに慣れれば慣れるほど、薄氷を踏む思いになって参ります。しからばただいま私のほしきものは、死をおそれぬ覚悟でござります。大和の浅山太兵衛と申す名誉の武芸者には、鹿島の宮に参籠せよとすすめられましたが」

備前守は、新右衛門の述懐を聞くと、うなずいてこたえた。

「いちいち、もっともなことじゃ。太刀に命をあずけて斬りあうとき、眼前が闇になるほどおそろしいのは、凡夫《ぼんぷ》の身ならば誰しものこと。不惜身命《ふしやくしんみよう》は兵法の根本なれども、その儀を真に覚り、不動の心を得るには、神の導きによるほかはない。不動の心を得たるなれば、吉川家が遠祖国摩真人の神妙剣の極意をも、覚るやもしれぬぞ。塚原殿、吉川殿、いかがでござるか。新右衛門を鹿島大神のまえに、千日参籠させるのじゃ。神前において心の玉をみがきぬかせたるならば、軌則を存ぜざる稀代の剣法を自得するやも知れ申さぬぞ」

一座の親族はすべて、備前守の意見に同意し、新右衛門は翌朝から参籠の行に入ったのである。

その朝から、すでに九百六十日が経っていた。

満願の日まで、あますところは四十日であった。神はすでに三度、新右衛門の眼前にあらわれていた。

拝殿の階《きざはし》を音もなく踏んで、新右衛門は地面に足をつける。暗黒に塗りつぶされた正殿にむかい、彼は半眼の視線をむけ、神を待った。

体内には湯のようにこころよい気配が流れ、手足の指はかすかに痺《しび》れていた。肩から背に冷水をかけるように昧爽《まいそう》の寒さがおおいかぶさってくるが、新右衛門はまったく感じなかった。

「間ものう、参られる。間ものうじゃ」

彼は闇をみつめ、やがて正殿の軒庇《のきびさし》の濃い闇のなかから、白光が湧き出る。

白光はしだいに濃く、大きくなり、左手に直刀を提げた神人が宙を歩んで近づいてきた。新右衛門はなぜか誘われるように、木刀を頭上にさしあげ、上段のかまえをとる。

神は黙然と新右衛門を眺め、直刀をかまえると、おもむろにその剣尖を沈め、下段の形をとった。

新右衛門は神と眼を見かわしている。神の顔かたちは銀光のなかにかすみ、しかとは見わけがたいが、視線は感じとることができた。ながいあいだ向いあい、神の姿はわずかずつその光彩を減じてゆき、輪郭のみをしばらく残していたあとで消える。新右衛門の胸には、至福とたとえたいほどの陶酔が、いつまでもたゆたい、幻の消えた後も、上段にふりかぶった木刀をおろすのを忘れていた。

鹿島へ帰郷する前、新右衛門は誰にも告げなかったが、斬りすてた男たちの亡霊になやまされ、疲れはてていた。寝る間も心を休めることのできない、緊張の連続する生活が、彼に重荷となっていた。

亡霊ははじめのうち、寝所にあらわれてきた。長持のうえや違い棚、天井の一隅などに髪ふりみだした死者の首があらわれ、薄眼をあけて新右衛門を眺めた。

そのうちに、昼間でもあらわれるようになった。雨降りの日、大内屋敷の縁側であぐらをくみ、庭を見ているとき、突然周囲がほのぐらくなり、彼の眼前に横むきに坐し、縁に両手をついてうなだれた侍の幻影があらわれた。

侍はゆっくりと顔をあおむかせ、新右衛門を下から見あげた。息吹きが感じられるほどの距離で、新右衛門は亡霊と見つめあった。鉛いろに血の気を失い、額ぎわに柘榴《ざくろ》のように割れた傷口をみせた顔には、はっきりと見おぼえがあった。

「おのれ、迷うて出たか。すみやかに退散せい」

新右衛門は、亡霊が形をうしなうまで、息をつめて睨みつけていなくてはならなかった。

彼は生きながら、修羅地獄へ墜ちているような、荒《すさ》みはてた気持をもてあました。儂もいずれは亡霊に誘われ、死の世界へ歩みいらねばならないと考えると、彼は総毛立つ恐怖に、身をおののかせた。

鹿島の剣を天下にひろめるために、身を挺して他流試合にのぞんだ若年の頃の勇気は、いつかなえていた。真剣をとっての立ちあいに、自在の技をあらわすことができるようになったが、内心は死へのおそれに塗りつぶされていた。

彼の脳裡には、ぬかるみに足を踏みすべらせ、袴の紐がほどけ、目釘が不意にゆるむなどの、思いがけない失錯《しっさく》によって、敵の太刀に皮肉を斬り裂かれる無残な自分の姿が、消えなかった。

合戦のあいだに肩や手足にうけた矢疵《やきず》の、唸《うな》りころげまわりたい苦痛をこらえるあまり、のどもとに湧いてくる苦い胃の腑の水の味を思いだすと、新右衛門はおびえた。

燕の羽根のような戻り刃のついた鏃《やじり》を小柄でさぐり、肉を裂いてえぐりだす疼《うず》きでさえこらえがたいほどであるのに、死の苦痛はどのようなものであろうか。

そのうえ、死ののちも亡霊のあがきまわる修羅地獄へおちねばならぬのであろうか。新右衛門は合戦で無数の屍体を見てきた。傷ついた雑兵どもは、畳針と木綿糸で傷口を縫い、もぐさで血どめをした。

不潔な手当てのために、傷口が腐るものが多く、その肉をつかむと雪をつかみくずすような感触で、つぶれた。

新右衛門は京都にいるあいだ、死の恐怖にたえてきた。彼は、修行を重ねなければ鹿島の郷党に申しわけがたたないという義務感に支えられて、真剣勝負を重ねてきた。

その緊張が、鹿島に戻ってゆるむと、疲労となって一気にあらわれ、新右衛門は気が狂うのではないかと思うほどに、死の恐怖にとらわれていた。

新右衛門の心身は、斬りすてた大勢の男たちの血に、けがれていた。彼は内心に重い惑乱を抱いたまま、千日の参籠に入った。彼を昼夜の別なくなやませていた亡霊の幻影は、そのときから消えた。鹿島神霊の霊験はあらたかであった。

千日の参籠というのは、きびしい戒律のもとにおこなわれるものではなかった。新右衛門は神域のうちにある生家吉川家の邸内で、別棟に独居し、肉を断つ食事をみずから煮炊きし、風呂を沸かして日を送るのである。

戒律としては、余人と言葉をまじえることを禁じられるのみであった。彼の住居に薪や米麦を運ぶ役は、左門がひきうけていた。

新右衛門は最初のうちは、神前に跪拝《きはい》し、瞑想にふけっては木刀をうちふることをくりかえす、参籠の生活を楽しんでいた。神に身をゆだねる安心感が、彼を明朗な気分にみちびいた。

魚鳥を断って五穀で身をやしない、無言を守る生活がくりかえされるうち、彼の病んだ精神が、徐々に回復してきた。

一年が経つ頃、新右衛門は自然の示す表情に敏感になっていた。神苑に天を摩して立つ松や杉の老木が、新右衛門に親愛の情を通じてくるのである。彼は、草花のあらわすかすかな感情のそよぎをも、察することができるようになった。

無言の行をながらく続けるうちに、新右衛門のうちに、異常な集中力がうまれてきた。彼は夕焼けの景色と朝陽の昇るさまを眺めるたびに、涙をこぼすほどの感動を覚える。彼をとりまく自然が、母胎のようにやさしく感じられるのである。

彼はしだいに自問自答をくりかえすようになった。日月星辰《せいしん》とは何であろうか、人間とは何であろうか。命とは、いったい何であろう。儂は神の命によって、破邪の剣をふるうために世にうまれでた者であろうか。

自問自答をくりかえすうちに、日が過ぎていった。

神は容易にあらわれてはこなかった。新右衛門は三年めに入って、荒行をおこなうようになった。木刀の打ちこみを、一日立ちきり五千回、八千回、一万回と、しだいに回数をふやしておこなってゆく。御輿所《みこしどころ》の内にとじこもり、四囲の扉をとざした闇黒のなかで、七日間坐って瞑想に時を過ごす。

口にするものは竹筒にいれた水のみである。眼を閉じてもひらいてもかわらない闇中にいると、四、五日めから幻覚があらわれてきた。具足に身をかためた騎馬武者の一団が、砂埃《すなぼこり》を捲《ま》いて襲いかかってくる。

思わず身を床上に伏せると、騎馬武者は蹄《ひづめ》の音を高らかに残し、駆け去ってゆく。

ふたたび闇にうごめくものがあり、眼をやるとおびただしい蛇の大群が、床にもつれあって迫ってくる。壁面を埋め、なだれるように降りてくるのは、数も知れない蜘蛛だ。

いつのまにか、新右衛門は空中を飛翔している。眼下にひらけているのは白波を走らす海面である。彼は大鷲《おおわし》の爪にとらえられ、虚空を飛んでいるが、いきなり放りだされ、底なしの下界へ転落してゆく。

新右衛門は暗中の坐行を終えると、水垢離《みずごり》の行をおこなう。はたして神が目前に顕現して、破邪の剣法を授けてくれるであろうかという不安は、新右衛門のうちでしだいにうすらぎ、消えていった。

「儂はひたすら、神を祈念しておればよい。他の雑念はすべて去るのだ」

満願の日が近づくにつれ、新右衛門のうちに安らぎが生じていた。

死をおそれる思いは、夙《つと》に消えうせていた。神のしもべとして、そのみこころのまに生き、命を終えればよいと、彼は考えている。彼はいつか、将来の出来事や、はなれた場所での知人の動静などを、透視する力をそなえていた。

透視する力は、突然あらわれてきたものであった。同時に鳥の語りあうさえずりをも、人語を解するように知ることができた。飯綱《いづな》使いといわれる呪術師たちが身につけている能力である。

その能力は山中や神殿に籠って祈念をこらす者の体に何のまえぶれもなくあらわれ、ある時日を置いて、抜け去ってゆく、神のはからいであった。

新右衛門は、神が降り給う場としてのおのれの身を、長い時日をかけて浄めていたのであった。そして、神は四度姿をあらわした。

満願の日の丑《うし》の刻（午前二時）新右衛門は住居を出た。彼は腰間に使いなれた刃渡り三尺二寸の常佩《とこば》きの太刀をたばさんでいた。

鼻先も見わけかねるほどの暗中でも、彼は夜目がきくようになっていた。今日こそは神のご意志がわかるのだと思うと、歩をはこぶ足のひかがみのあたりに、戦慄が走った。

拝殿にあがると、彼は跪坐《きざ》し礼拝する。そのあと、ただちに瞑想に入った。瞼《まぶた》を半眼にふさぎ、寂静の境地に入る。彼は時の推移を忘れ、わが身をとり巻く係累《けいるい》を忘れ、わが身を忘れる。

銀光がいつもよりも急速に正殿の闇から迫ってきて、新右衛門の眼前に立った。目鼻だちの霞んだ神の顔には、針のような白髯《はくぜん》がみえた。

神は下段に、新右衛門は上段にかまえる。神はこゆるぎもせず身がまえていた。このままの形で消えてしまわれるかと思ったとき、下段の剣が笛のような音を発し、闇を裂いて新右衛門の頭上に躍った。

新右衛門はとっさに踏みだしていた右足を引いてその剣尖を避けるなり、踏みこんで袈裟がけの一刀を返す。その瞬間、神の姿はかき消え、眼前にはもとの暗黒がもどった。

彼は太刀を鞘におさめた後、地面にひれ伏し、砂利に額をすりつけて、祖神に礼を述べた。

神はついに、新右衛門に鹿島の剣の秘奥を授けられた。新右衛門の五体は、感激にふるえた。

彼が神と向いあうとき、無意識にかまえた上段は、攻めの形のみで防ぎ技ではない。そのため、敵の攻撃を誘いやすい。敵が斬りこんでくると、その剣尖を払いのけもせず、飛び下って外しもせず、その場で身をうしろにそらせて五分（約一・五センチ）の間合をはずすのである。

そうすれば敵の技が尽きたところを、完全に打ちとめられる間合から反撃し、一刀両断に仕とめることができる。

敵の刃が眼前五分の空間に閃くのを見届けるには、非常の胆力と判断力を必要とするが、間合を見切って間髪をいれず打ちかえせば、敵にはこちらの攻撃をしのぐ手段はない。

「これじゃ、これこそ剣の至極じゃ。神はわが体に宿られ、以心伝心に妙理を与えられしか」

喜悦きわまれば、悲哀に通じていた。彼は波のように寄せては返す昂ぶりに胸をゆさぶられ、双眼の満涙をこらえかねた。

長年月の修行を通じ、新右衛門は敵の打ちこんでくる太刀を、しのいで打ちかえす技、飛びさがり飛びちがえる足さばきの技に熟達したが、神が授けてくれたような、一太刀で敵の死命を制する秘術は、思いついたこともなかった。

新右衛門は暁明《ぎょうめい》にいたるまで神前にひざまずいていたが、辰の刻（午前八時）にいたり、躍るような歓喜のおもいに満ちて、住居に戻った。

座敷の前庭には、山崎左門が直垂《ひたたれ》の礼装で待っていた。

「新さま、満願は首尾よう達せられましたか」

左門は走り寄って聞いた。

「うむ、鹿島の宮の大祖神霊より、剣の秘奥をたしかに相伝いたしたぞ」

千日ぶりに新右衛門は言葉を口にした。彼の耳に、わが声が他人のもののように響いた。

「ようございましたなあ、新さま。御祈願成就のほど祝着至極。こんなうれしいことはございませぬ。ではお殿様をはじめ、ご親戚ご一統にお知らせ申しましょう」

左門は砂利を蹴って、屋敷のほうへ駆け去った。

新右衛門は座敷に戻る。雑人《ぞうにん》が風呂をわかし、着替えの衣類をそろえて待っていた。

新右衛門は春陽のさす明るい湯殿で、ていねいに身をきよめた。彼の全身には、鑿《のみ》で削りだしたような筋肉の起伏が走っている。容姿には、神とともにいて通力を身につけた者の、縹渺《ひょうびょう》とした神韻がやどっていた。

吉川家の書院は、新右衛門の満願を祝う親戚知己が、つめかけていた。一座は左門から祈願成就の知らせをうけると、騒然と沸きたったが、礼服を身につけた新右衛門があらわれると、粛然と鳴りをひそめた。

新右衛門は下座につき、上座の養父塚原安幹、実父吉川覚賢、松本備前守らにむかい、申しのべた。

「拙者、本日天明をもって、千日参籠の儀をとどこおりなく、あいすませてござりまする」

塚原安幹が答えた。

「それは祝着、まことによろこばしいことであるぞ。して、剣術の開眼は成りしか」

新右衛門の重い響きを帯びた声音が、広間のうちに流れた。

「仰せの通りにてござる」

低い騒めきが、座に流れた。

「それはめでたきことじゃ。さればそなたの師に、会得せし業前を披露いたせ」

「承知つかまつってござる」

新右衛門が座を立つと、松本備前守も立ちあがった。

二人は、庭前の道場へ入った。庭をへだてた書院から、満座の人々は声をひそめて見送る。

新右衛門が参籠によって会得した剣は、師の松本備前守のほかには、秘すべきものであった。その技を相伝する者は、新右衛門がえらぶのである。

備前守は、新右衛門が剣の秘法に開眼したことを、一瞥《いちべつ》のうちに覚っていた。なにげない身ごなしが、参籠に入るまえと一変していた。鋼のように侵しがたく重い動きである。

二人はほのぐらい道場の板敷に、正座して向いあった。

「新右衛門め、変りおったぞ」

備前守は、底なしの淵のように静まりかえった新右衛門の双眸に、己が精神を吸収されそうになる、めまいのような感覚に堪えようとした。

「いざ、参ろう」

気が満ちて、二人は立ちあがる。

新右衛門はためらいもなく木刀を頭上に捧げ、上段にかまえた。なぜか備前守の全身の毛孔が立った。

「この眼は、人間の眼ではない」

備前守は、新右衛門の眼が、爛々と炬火《かがりび》のような光彩に燃えたつのを見た。

彼は青眼の剣尖の狙いを、新右衛門の喉もとにつけた。新右衛門は、無念無想であった。備前守はかまえを解いた。

「新右衛門、手のうち見届けたぞ。見事じゃ」

備前守は、新右衛門の姿勢に鉄壁のようにゆるがぬ強さを感じた。打ちこんでゆける隙は、どこにもない。そのうえの業前をたしかめる必要はなかった。

二人は大勢の客が待つ広間へ戻った。備前守は一同に告げた。

「新右衛門は鹿島神霊のご加護によって、まさしく剣術開眼、虚心の道理を得てござる。拙者ただいま、しかと見定めて参った」

わあっ、と列座の人々の間に、歓声があがった。

「よかったぞ、めでたや」

「祝着、祝着、このうえなし。当流の名をあげてたもれ」

新右衛門は熱気あふれる言葉にとりまかれた。

備前守に業前保証の折紙をつけられたうえは、新右衛門には名実ともに鹿島七流の代表者としての名誉と責任が与えられたわけであった。

祝いの座についた新右衛門に、養父安幹が聞いた。

「そなたが神より授けられし技は、何と名付けるのか」

新右衛門は深い思いをこめた眼で安幹を見た。

「おそらくは世にこのうえなき、ただひとつの太刀と存じますれば、一つの太刀と呼ぶことにいたしまする」

「一つの太刀か、それはよき名じゃ。そなたは鹿島随一の兵法者となったのじゃ。鹿島随一はすなわち、天下随一なれば、このうえは塚原の地にとどまらず、ふたたび諸国を遊歴して、当流を弘布《ぐぶ》してくりゃれ。剣をもって天下に惟神《かんながら》の道をひろめるのじゃ」

新右衛門の祖父吉川呼常《よびつね》が、感にたえたように嘆息した。

「一つの太刀とは、まことさわやかなるよき名じゃ。秘太刀なれば詮もないが、いかなる技か、命あるうちに眼の辺りにしたいものじゃ」

新右衛門は常の暮らしにもどった。塚原城に戻ると、道場で同門の諸士と剣技を練磨する毎日である。

彼の技倆は、すでに絶妙の域に達していて、稽古試合の相手にたつ者で、一太刀なりとも打ちこめた者はいない。左門も例外ではなかった。

「新さまのお相手は、もはやつとまりかねまする。太刀技では歯が立ちませぬ」

打つ手の先をたやすく読まれ、打つ手に窮した左門は、思わず弱音を吐く。

「太刀が不得手ならば、お前には槍、薙刀、乳切木《ちぎりき》と、得手の道具があるではないか。それでかかってくればよかろう」

新右衛門にいわれ、左門は長柄《ながえ》の武器をもって立ちむかうが、結果はおなじことであった。

「新さま、やはり人には器量のちがいというものがございます。私と新さまとでは、とても器量がことなるゆえ、このうえいかに精進したとて、及びもつかぬこと。われらのような弱輩を相手では、お技が鈍ります。お殿様の仰せのあったように、ふたたび武者修行に出られ、天下の兵法者とひろくお技を競われるのがようございましょう」

新右衛門はうなずいて答える。

「うむ、この秋にはまず関東諸国への旅に出る。その後には上方へ参ろう。供はお前に頼むぞ」

「かしこまってござる。このたびの遊歴には、私のほかに心きいたる者を四、五人は召し連れて参られることに、あいなりましょう。諸国大名に芸を教えるには、相応の格式をととのえて参らねばなりませぬぞ」

鹿島の野山に満開の山桜が散り、若葉のいろがもえたつ四月の一日、新右衛門は弓矢をたずさえ、左門とともに北浦のあたりへ乗馬で狩りに出た。

陽はうららかに、おだやかな水郷の眺望は絵のようである。雲雀《ひばり》が頭上でけたたましくさえずり、川面でよしきりが啼く。菖蒲が水辺にいきおいよく葉をのばしている。

新右衛門たちは馬上から水鳥を狙い、朝のうちにかなりの獲物を仕とめたあと、堤に馬をとめ、食籠《じきろう》をひらいた。

「儂は参籠いたしておる間に、鳥の言葉が分ったことがあったぞ」

新右衛門は、雲雀の饒舌を聞きながら、思いだしたようにいう。

「ほう、そのようなことがあるのでございますか」

「あるのじゃ。向うの森へ椋《むく》の実をついばみにいこうとか。浜に魚が打ちあげられておるとか。さまざまに申すのじゃ」

新右衛門は、含み笑いをした。

「あのままで修行をいたしておれば、儂も鳥の仲間入りができたかも知れぬが、いまでは通力はいつのまにか消えて、あとかたもない。人の心というのは、時にはふしぎなはたらきをみせるものよのう」

左門ははじめて打ちあけられた参籠中の体験を、興深げに聞いていた。

「私のような凡俗の者には分らぬことながら、神通神変と申すことは、あるのでございますなあ。さすがは新さま、神に心を通わせてのご修行を積まれたのでございますか」

主従はかぐわしい草の香りのなかで寝そべって、なごやかに話しあう。

「左門、儂はこんど京都へ参ったなれば、まず十市の荘に浅山殿をたずねて、つつがなく鹿島の宮で千日参籠を終えたことを知らせようと思うぞ」

「そうなさいませ。浅山殿は新さまが一つの太刀を神より授かったと聞かれたならば、さぞかしよろこばれることでございましょう」

二人の思いは、早くも旅の空にひろがってゆく。

「左門、馬の足音がするぞ。こちらへ駆けてくる」

新右衛門がすばやく身をおこした。

「私には聞えませぬが」

左門は堤上に立ち、小手をかざして鹿島の方角を眺めた。はるか遠景に、野道を駆けてくる騎馬武者の姿が、胡麻粒のように見える。

「何事じゃ、合戦か」

待つうちに、砂埃を蹴たてて近づいてきたのは、塚原家の郎党であった。

郎党は馬から下りると、新右衛門のまえにひざまずいた。

「若殿様、これより急ぎ立ち戻られるようとの、大殿様の仰せでござります」

「分った、所用とはなにごとじゃ」

「今朝ほど、若殿様が出《い》でたたれし後に、お館に伊勢の国の住人と申す兵法者が七人、おとのうて参りました。その者らはいずれも陰流をたしなむとか。そのうちの頭領らしき牢人が、若殿様と立ちあいを所望いたし、すでに金帛《きんぱく》塗りの高札を、鹿島の宮一の鳥居前の広場に、立てし由にござります」

新右衛門への挑戦状を人目の多い神宮鳥居前に立てたというからには、もはや相手は後へはひくまい。真剣をもちいて雌雄を決する試合になるに、ちがいない。

「陰流の使い手が、早くも参りしか」

新右衛門は、ためいきをついた。相手は彼の千日参籠の満願の日を知って、はるばると関東まで長駆してきたのである。

塚原城に戻ると、塚原土佐守が、吉川呼常、覚賢、松本備前守たちと、書院で額をあつめていた。

新右衛門は廊下に膝をついて、挨拶した。

「ただいま帰着つかまつりました。他行中にて遅参のほど、お許し下され」

「うむ、ちと相談ごとがある。こなたへ参れ」

土佐守が呼び、新右衛門は下座につく。

「使いの者に聞き及んだであろうが、伊勢の国より陰流を使う武芸者らが参って、お前との立ちあいを望んでおる。鳥越主馬助《しゅめのすけ》と申す、鎖鎌《くさりがま》を使う者じゃ」

「ほう、剣の使い手ではございませぬか」

「剣の上手でもあるというが、鎖鎌では三十余度の試合で、一度のおくれをとったこともないと申しておる。その者の技はちと変っておるそうじゃ。八幡船《ばはんぶね》に乗りて明国におもむき、習うてきたという、奇態な技であるそうな。実はのう、昨日佐原の城下にて飯篠家直殿の一門のうち、平山五郎兵衛、水野高清の両人が、鳥越と立ちあい、平山はその場で頸を掻かれて絶命、水野も棒にて頭を割られ、一刻後に平山の後を追うたそうじゃ」

新右衛門の双眼に光芒がやどった。平山、水野の両人は、天真正伝香取神道流宗家の飯篠一門では、名の聞えた高弟である。飯篠家直はあいにく病臥中であったが、平山たちは名もない武者修行の者などに、めったに敗北を喫するような腕ではない。

鹿島七流をたしなむ者は、剣のほかにあらゆる武技を身につけていた。敗けた二人も、鎖鎌に対応する術はこころえている。新右衛門はたずねた。

「平山たちは、いかにして遅れをとったのでございますか。めったに拍子を違《たが》えて打ちこまれる不覚を、見せる者どもではございませぬが」

松本備前守が、身をのりだして答えた。

「鳥越と申す者は、ふつうの鎖鎌を用いるのではない。背に六尺の棒を負い、鎖は八尺ほどであるが、先に錘《おもり》はついておらず、両刃の千鳥鉄《ちどりがね》がついておる。その刃渡りは、左右ともに八寸もあるという大きなものじゃ。そのため、立ちあう者は太刀で受けても鎖が刃に巻きつくまえに、わが身に傷を負わされる。平山たちも、ともに臑《すね》を斬られて動きのおとろえたところを、つけこまれたということじゃ。動きの拍子が遅れなば、たちまち棒で頭を打ち割られることとなる」

鎖の長さは、さほどのものではない。流儀によっては、一丈八尺の長鎖を用いる場合もある。だが、千鳥鉄と六尺棒を攻め道具に使う流儀は、聞き及んだことがなかった。

千鳥鉄とは、文字通り千鳥が左右に翼をひろげた形の刃物である。翼の形の鎌は、攻められるとあつかいにくい。その刃渡りが長いほど、受け手の危険が大きくなる。

千鳥鉄によって、手傷を負うたところを、六尺の棍棒で打たれれば、間合のうちへ飛びこむのはむずかしい。棍棒には鉄環がはめられていて、その一撃には野太刀の刀身でさえ打ち折るほどの、破壊力がこもっている。

明国の武芸であるというのは、真実であろうと、新右衛門は思った。いかにも平原での騎馬戦に用いるにふさわしい、攻め一方の技のようである。

「伊勢は鍛冶が多うござるによって、そのように大きな千鳥鉄に用いる鎖も、つくれるのでございましょう」

新右衛門は、かつて旅した土地を思いやる眼つきになった。

鎖鍛冶は、鍛接部分を強化する方法を、秘伝としている。輪にした針金を火窪（炉）からとりだすなり、硼砂《ほうしゃ》と鉄粉を接合部のねじりあわせたところにふりかけ、鎚《つち》で打つ。そのあと、鍛接した部分に粘土を塗り、ふたたび炉にいれて熱するという、微妙な水加減を要する技術であった。

「新右衛門、お前は鳥越の申しいれに応ずる心算《つもり》か。いずれ外道の技なれば、受けずともよいが」

備前守は、鹿島の剣法を背負って立つ新右衛門の身を、万一鳥越ごとき武者修行の者に傷つけられてはいけないと、懸念していた。

新右衛門は即座に答えた。

「いかなる者にても、立ちあいを望みて参りしならば、受ける所存にてございます」

一座に緊張の気配が流れた。新右衛門の気持は、わずらわしきくせわざを用いるという敵の出現を知っても、波立つことはなかった。

新右衛門と伊勢牢人鳥越主馬助の試合は、十日後の巳《み》の刻（午前十時）に鹿島の宮一の鳥居前の広場で、おこなわれることにきまった。

広場の一帯には旅宿や民家が多く、噂をつたえ聞いた近在の者が、続々と見物につめかけてきた。

「新さま、相手は鎖を上下にふりわけて、かかって参り、臑切りと冑落しを得意の技とすると申します。油断のう、おはたらき下さりませ」

当日の朝、左門は麻草鞋《わらじ》を新右衛門に渡しながら、念を押す。

「わかっておる。拍子を読みきれば、遠き間も近き間もかわりはない」

新右衛門は、何の気負いもなく答える。

彼は袴の腰に常佩きの太刀を帯び、木刀をたずさえて乗馬で居館を出た。左門は、試合にのぞむ新右衛門の物腰が、京都に滞在していた頃とは一変していることに、内心おどろいていた。

以前の新右衛門は、生死を賭しての試合の場に及んで、自由な仕掛け、進退のできるよう、さまざまに考え悩んでいた。水にうかぶ水鳥が、上体は静かであるが、水中ではせわしく水かきをあやつるように、心と体の動きを統一すべく、必死に努力していたのである。

いまは精神を平静にするための苦労は、かげもなかった。眼につきつめた表情はうかばず、山中の湖面のように澄みわたっている。

馬のくつわをとって歩く左門に、新右衛門が鞍上から声をかけた。

「あれを見よ、左門。藤が花盛りじゃ、京の町を思いだすのう」

新右衛門は、道のべの小丘の斜面に、微風に吹かれ、ゆるやかに波うっている、うすいはなだ色の花房を指さした。

「いかさま、さようでございます」

左門は、新右衛門の静かな声音を耳にすると、内心の不安が消え去った。

試合の場には、黒山の人垣が待っていた。広場の喧噪《けんそう》は、新右衛門主従が到着すると静まった。

竹矢来のうちには、塚原、吉川両家の肉親たち、松本備前守のほか、飯篠若狭守、小鹿野《おがの》越前守、鹿伏兎《かぶと》刑部《ぎょうぶ》ら、鹿島各流儀を代表する剣客が床几《しょうぎ》に腰をおろし、居流れていた。

彼らに向いあう場所に、七人の牢人が、たくましい肩を張ってあつまっていた。新右衛門は彼らを一瞥して、左門にいう。

「鳥越とは、毛の胴着をつけた者であろう」

かちん色の着ふるした麻小袖に、陽炎《かげろう》のたつ日向《ひなた》をもかまわず、あつくるしい狸皮の胴着をつけ、あぐらを組んでいる男が、太い眉を寄せて、新右衛門に視線を注いでいた。

年齢は三十まえか、険しい顔の輪郭は濃い髭にくまどられていた。

「臑が長い、よほど上背があるようだ」

新右衛門は相手を仔細に観察した。その男は朋輩とみじかく言葉をかわし、残忍な感じの笑顔になった。

彼の膝もとに黒ずんだ棒がみえた。新右衛門は、千鳥鉄がわが体にむかい飛んでくる様を想像した。

素襖《すおう》姿の松本備前守が歩み出て、呼んだ。

「塚原新右衛門、鳥越主馬助、立ちませい」

新右衛門は白地帷子《かたびら》に黒木綿半袴の、参籠のときとかわらないいでたちで、木刀を左手に提げ、歩み出た。

主馬助は袴の股立ちをたかくとり、胴着をぬぎすて、鎖を打ちあわす音をたてながら新右衛門とむかいあう。

彼が立ったとき、矢来の外の観衆がどよめいた。背丈が異様なほど高かったからである。彼のまえでは新右衛門の姿が子供のように見える。

主馬助は六尺棒を左肩から右腰へかけ、ななめに背負っていた。それは見かけは細いが、芯に鉛を仕込み、鉄環をはめているので、重量がある。

細い鎖の束は、彼の右腕にかけられていた。陽をはじいてにぶく光る鎖の先に、顔がうつるほどに磨ぎすまされた大きな千鳥鉄が重たげに揺れている。

「この男は左利きじゃ」

新右衛門は、すかさず見てとった。

「あいかまえて、勝負一本」

備前守が大音声で告げ、向いあう二人は飛びさがった。

「そりゃあっ」

主馬助は両眼に殺気を燃やし、鎖をふりまわしはじめた。

左手で手だまりの金具をにぎり、ただならない風切りの音で観衆の胆をうばいつつ、主馬助はしだいに鎖を上下にふりわけてゆく。

勢いがつくと、鎖の形は視界から消え、双翼の長さが一尺六寸もある千鳥鉄が、ほのぐらい影のように空中を飛ぶ。

「りゃあああああっ」

主馬助は凄愴な気合とともに、新右衛門にわずかずつ近づいてゆく。

新右衛門は木刀を左手に提げたまま、左足を一歩ひいて立っていた。なぜ構えないのかと、左門は焦る。

鎖の風を切る音が高まったと思うや、主馬助は激しく上体を動かせ、踏みこんで新右衛門の頸と臑をつづけさまに襲った。左門は思わず両手をにぎりしめたが、新右衛門は千鳥鉄に鼻先をかすめられるような、危険な位置に無事で立っていた。

「りゃりゃあっ」

主馬助は肉眼には見えない速力で旋転する鎖を、息つく間もなく叩きつける。

伸縮自在の鎖に襲われても、新右衛門は巧妙に間合をはずしていた。

主馬助は、彼を矢来の隅に追いつめようと、激しいいきおいで踏みこんでゆく。新右衛門は、流れるような足さばきで、空中から降ってくる千鳥鉄の刃先を避けていたが、突然左手の木刀を片手打ちに斬りあげた。

鉦《かね》を叩くような、冴えた音が空にひびき、木刀がふたつに折れて飛び、千鳥鉄が弧をえがいて地面に落ちた。

間髪をいれず、主馬助の棒が襲ったが、同時に前へ踏みこんだ新右衛門の動きは、眼にもとまらなかった。

白刃がひらめき、絶叫とともに血潮が噴きあがった。両手を空にさしあげた主馬助が、膝もとからくずおれてゆく。新右衛門の一つの太刀は、棒もろともに主馬助の額からみぞおちまでを、雷《らい》のように引き裂いていた。

二天一流　宮本武蔵

『宮本武蔵』

直木三十五

直木三十五（1891〜1934）

本作は、「日本剣豪列伝」のうちの一篇である。「日本剣豪列伝」は、昭和九年に直木の遺稿として「講談倶楽部」に連載され、翌十年に刊行された『直木三十五全集第十一巻』（改造社）に収録された。本書収録にあたっては同全集を底本とした。

打撥の悟

美作国英田郡《みまさかのくにあいだごおり》宮本村の荒牧神社の、祭り——播磨《はりま》、美作《みまさか》の山境とて、猿芝居一つかかりはしないが、それでも、着物を着かえて、村人が参詣する中に、村での名門、宮本無二斎《むにさい》の一子、弁之助。十二歳にしかならないが、見たところは十五六の柄《がら》があり、力や、腕は、それにもまして、立派な一人前。若様若様、と、人から立てられながら、御神楽堂《おかぐらどう》の前で、じっと、神楽を見ていたが——ふっと感じた太鼓を打っている男の手。

右で打っても、どうーん。左で打っても、どうーんと、同じ音色で、強弱なく響くから、弁之助

(もし、刀が左手でも、右手と同じように使えたら、便利であろうに、こいつは、修練すれば出来ぬ事ではない)

家へ戻ってきて、父無二斎に、この事を話すると
「子供が、ははは、おもしろいが、それは二兎を追うものじゃ」

「いいえ、やればきっとやれます」

「そちも存じておろう。刀を使う時には、左手には力を入れ、右手は軽く把《にぎ》って、刀の狂わぬよう調子をとって、左右両手で、完全になる。成る程、左右の両手が同じように働けばよいが、人間なかなかそうは行かぬ。両手で使うても容易でないものを、片手で、何《ど》うして使えるか」

「然《しか》し父上、馬上では、左手に手綱をとり、右手に太刀をもち、片手打ちでございましょう」

「そうじゃ」

「そうなら、常々、片手打ちの修練をするのが本当でござりましょう。右手の片手打ちの修練をするなら、左手も右手と同じように使える修練をしても無駄にはなりますまい」

「馬上ではいかにも片手じゃが、それは剣道から申すと、無茶じゃ、戦場、乱軍の中じゃから、やむを得ぬ慣《なら》いで、両手でも斬れぬものが、片手で、鎧を切れる筈はないし、馬上の戦は、主として槍を使い、馬の勢をかる。馬上の大将が、片手で太刀を振

うようになれば、それは敗戦《まけいくさ》の時じゃ」

「敗戦の時に役立つ剣法なら、勝戦の時には猶《なお》役に立ちましょう。それに、部屋の中とか、立木の中とか、狭い所では、片手で、短い得物を使うのが、便利でございますが、その時には、大太刀《おおだち》使うように、両手よりも、片手の方が、小太刀は使いようございましょう」

「そう」

「それなら、左手を遊ばしておかずに、左手の働きをしますと、右手の斬られでもした時には、大いに役立ちましょう」

「お前は子供だから、剣理《けんり》がわからん。右手を斬られて左手などと――右手を斬られたなら、それまでじゃ。右手を斬られて、左手で戦って勝てる訳があるか、太鼓を打つのと剣術とは、形は似ておるが、心はちがう、もっと、考えてみい」

「ちがいませぬ。武士が両刀をさしておるのは、大刀だけを使う為《ため》ではございますまい、脇差も使う為にさしておるのでございましょう。右手が無くなれば、左手を使うて、何故いけませぬ」

　無二斎は、剣術、十手術共に、名誉の腕で、宇喜多家の老臣、新免伊賀守《にいみいがのかみ》に仕えて、その姓の新免を許されている人である。

「いかぬ。邪道じゃ」

「父上のお考えは、頑固すぎます」

「何？」

「私は、二刀を工夫仕ります」

　そう云《い》って、すっと、立った弁之助。次の部屋へ行こうとするうしろから
「無礼者がっ」

　無二斎の投げた短刀。弁之助の背へ、突立ったかと思うと、何う躱《かわ》したか、短刀は、柱へ、ぽんと突立って、弁之助の姿は、次の間へ。無二斎が
（天下に名をなす子じゃが、勇を頼みすぎる。この上は、少し文事《ぶんじ》を学ばさぬといかん）

　そうして、翌年、十三歳の時、親族に当る播磨の僧の許へやられる事になった。

十三豪傑

　有馬流の有馬喜兵衛――有馬豊前守の一族の人であろう、三木の城下へきて、竹矢来を結び、その入口に、札を立てて

「試合望勝手次第可致《しあいのぞみかってしだいいたすべし》」

と、その高札は、忽《たちま》ち城下の評判となり、若い人々が、出向いて試合をしたが、誰も勝つ者はなかった。

「流石《さすが》に、高札を立てるだけあって、中々の腕じゃ」

そういう噂が、三木城下へ立つと、弁之助の耳へ入った。弁之助は、それを聞いて、そっとその試合を見に行ったが

(こんな腕の男が、天下の剣客《けんかく》などと)

と、思うと、すぐ戻ってきて、手習筆《てならいふで》をもって、走って出て、その高札の表へ、ぐっと一線引いて、その側《かたわら》へ

「宮本弁之助明日試合可致《いたすべし》」

と書いた。

「あの子供は、大胆な」

と、それを見ていう人もあるし

「子供の悪戯《いたずら》じゃ」

と、軽く笑う人もあったが、高札を墨で塗り潰《つぶ》した者がある、と聞いて出てきた有馬喜兵衛は、宮本、という姓を見ると

「これは、宮本無二斎の忰ではないか」

と、聞いた。

「さよう、子供だが、中々できるそうじゃ」

「余の子供なら、悪戯として、笑ってすましもしようが、無二斎の忰とあっては、すてておく訳に行かぬ」

喜兵衛は、すぐに、弁之助のいる寺へ、使を立てて

「明日必ず参るよう」

と、云って行った。僧は、びっくりして、弁之助に

「何んたる事じゃ」

と、云うと

「はははは、あんな腕で、矢来など結って、馬鹿らしい、わしの小指で、あしらえる」

と、相手にしない。僧は、弁之助の気性を知っているので

(困った奴じゃ、親爺さえ持余しているが、無理もない。命のやりとりのことを、平気で、小指であしらえるなど、いかに子供とは申せ、向う見ずにも程がある)

と、怒りながら

「何分、子供の事故《ゆえ》に、どうか御勘弁願いたい」
　と、使者に頼んだが、使者は
「手前は使故、何んとも返事しかねる」
　というので、それではと、使と同道で、有馬の許へ行って、もう一度、頼んだが
「子供の悪戯にしては、念が入りすぎておる。聞けば、子供ながら、相当できるということであるが、わしも、こうして、諸国を武術修行しておる身として宮本無二斎の悴に、高札を塗り潰されて、黙って立ち戻ったとあっては、面目が立たぬ。対手《あいて》は子供故、命をとったり、腕を折ったり、左様なことはせぬ。衆人の前で、弁之助があやまるか、試合をして、一ひしぎしておくか、ただ形だけでも、試合をして、勝っておかぬと、わしの武道がすたるからの」
　そう言われると、僧も返事のしようがない。それで
「何分、不具《かたわ》になどならぬように、お手柔かに」
　と、頼むと
「それは心得ておる」
　僧は、帰ってきて
「有馬殿のお言葉は、これこれじゃ、明日行ってよくあやまるがよい」

「小父さんは、御経のことを知っていても、剣道のことはわからんから」
　と、弁之助は、てんで対手にしない。翌朝になると、弁之助は、床下の薪の中から、六尺余りの棒を一本取り出して
「これが得物《えもの》だ」
　と、笑っているので、僧は
（どこまで図太い奴か底が知れん。本気に試合するつもりをしている。生意気に、こんな物を振り廻して、もし、有馬が怒りでもしたなら、生命にかかわるのに――ここで、弁之助を討たしては、無二斎に、わしが、何う申訳が立つ）
　と、思うと
「わしもついて行く、お前、何うして、そう強情か、対手は、真剣試合で、日本中を歩いておる豪の者じゃ、それに――」
　僧が、そう云っている内に、弁之助は、ずんずん出て行くので、あわててあとからついて行くと――もう、矢来は一杯の人に囲まれていた。僧が
「暫《しばら》く待て」
　と、矢来の中へ入って、有馬に
「何うも乱暴者で、何んと申しましても、試合をすると申して、ここで、万一のこと

があると、無二斎に顔向けがなりませんで、拙僧を助けるとおぼし召して、なにとぞ、御手柔かに御願いを」
と、云っている内に、弁之助が、ずかずかと、入ってきて
「喜兵衛とは、その方か」
と、怒鳴った。十三歳と聞いて
(何んの子供が)
と、世間の十三の子供を描いていた有馬は、余りに大きいのに
(これが十三か)
と、思いつつも
「よう参った」
と、声をかけると、弁之助は
「勝負」
と、叫んで、有馬を打った。喜兵衛は、その振舞いに
「何を致す」
さっと抜き打ちに——弁之助は、手早く躱して、棒をすてると、無手《むず》と、喜兵衛に組ついて

「あっ」
と、人々も、有馬も云う瞬間、有馬を頭上へ差し上げると、力任せに、大地へ叩きつけた。起きも上れずに、もがく有馬の背や、頭を、棒を拾って
「何うだ、何うだ」
と、つづけざまに、その性来の大力で打ったから、有馬は動かなくなってしまった。頭も、顔も血塗《ちまみ》れであった。どっと、鬨《とき》の声が上ったが、僧は
（困った子供じゃ、この乱暴の為に、命を失うようなことになるぞ）
と、思いつつ、ふるえていた。

崇めて頼まず

主家宇喜多《うきた》秀家《ひでいえ》が、関ケ原の戦に、三成方へ加担したので、父と共に、武蔵も、従軍した。年十八、弁之助の幼名を改めて、武蔵と称するようになったのは、この前後からであろう。
戦の始まる前に、武蔵はその同僚と共に、崖の上を歩いていた。崖下は竹藪を切ったあとで、竹の根が切っ削《きそ》ぎになって、針の山のようであった。武蔵それを見て、同

輩に
「もし、この下を敵が通っておったなら、何うするか」

と、聞いた。

「仕方があるまい」

「敵を見かけて、竹の根が恐ろしさに、飛び降りんと申すのか」

「もちろん、この下へ飛降りて、竹で足を刺されたなら、それきりではないか」

「戦場は、命を捨てる所じゃ。命を捨てる所にしても、竹の切株で命をすてるのは、犬死だと申すであろうが、勇気とは、竹の切株と、敵とを区別して出すべきものではない。又出るべきものでもない。相手によって、勇気の出るのに、手加減があるのは、真の勇気とは申さぬ。真の勇気、真の勇士は、自ら内より溢《あふ》れる勇気をもっておって、その勇気を出すには相手と、場所とを撰ばぬ。鬼神も避くる底の勢をもって事に当れば、却って、危くないものじゃ。対手によって、勇気を少し出したり、多く出したり、恐れたり、怯《お》じたり、それはことごとく、対手というものによって、己が動かされるからじゃ」

「理屈はわかる」

と、友人が笑って

「それでは、宮本は、この崖下へ飛ぶと申すのか」

「左様」

「飛べるか」

「見ろ」

と、叫ぶと、武蔵の鎧は、初秋の陽にかがやき、きらめきつつ、竹藪の中へ、飛んだ。無数の切り株の上へ降りた武蔵は、勿論、その足を、竹で傷ついた。だが、平気な顔をして、又、崖の上へ登ってきた武蔵の強情さには、人々も舌を捲いた。

それから、富来《とみく》の城を攻めた時に、城の狭間《はざま》から、槍で防ぐ城兵。その一つの狭間の一本の槍が、中々巧で、そこへは近づく者がない。武蔵
「あの槍、取って来てみよう」

と、云って、その狭間へ迫って、己の脚を、狭間へ押しつけた。もちろん、槍が脚を貫いた。武蔵は、それを貫かせておいて、狭間へ脚を押し当てて
「えいっ」

と、叫ぶと、槍の柄が、ぽきんと折れてしまった。その力の強さ、その乱暴さ。人々は、その不死身のような武蔵の無茶さに、呆《あき》れてしまった。武蔵は、笑いながら馬糞を傷口へ押し込んだが、武蔵の若い時には、こういう人間離れのした勇気があっ

た。身の丈、六尺に近く、力の強さは、大したものであったから、天成の剣客である。

武蔵の力が、何の位強かったかについては、こういう話がある。ある人が、旗竿を一本撰《えら》みたいが、竹を選《よ》ってもらえまいかと、武蔵に云った。そして、竹の束を沢山、武蔵の前へもってくると、武蔵は、縁側に立って、その一本一本を、びゅーっ、と振ると、竹の弱いのは、めりっと音がして、ひしゃげてしまった。幾本も、振っては、めりっと摧《くだ》いて、その中から、いくら振っても摧けぬのを撰んだので、人々、その力の強さにびっくりしたという。竹を片手で、びゅっと振ると、竹がくだけるのだから、その力の強さ思うべしで、十三歳で、有馬を投げ倒したのも頷ける。

だが、齢《とし》が経つに従って、だんだんと、悟ってきた。京で、吉岡清十郎《よしおかせいじゅうろう》、伝七郎《でんしちろう》兄弟を討込んだので、清十郎の子又七郎を押し立てた門人共が武蔵へ試合を申込んできた。

これは、吉岡とても、家の興亡にかかわる大事なので、門人は弓矢ででも、武蔵を討ち取ろうと、幾十人集っていた。武蔵は、それを知っているが、唯一人、夜の明けぬ内から、約束の場所へ赴くと、途中に、八幡の社《やしろ》があった。

(武運を祈ろう)

と、神前へ額《ぬか》ずき

（何卒、この試合に加護あらせ給え）

と、祈りつつ、社前に垂れ下っている鰐口《わにぐち》の紐《ひも》をとろうとして、はっとした。

（神は崇《あが》むべき物であるが、頼むべきものではない。己に頼むべきものが無い故に、神を祈るが、兵家《へいか》としては大なる恥辱だ。試合は、己の全力を挙げる外に、何の頼むべきものもない筈だ。それに、神に縋《すが》るようで、この大事の試合に勝てようか）

武蔵は、冷汗を感じつつ、社前を去って、一乗下り松の間に休んでいた。わいわいと近づく声。

「いつも武蔵は、試合の時刻におくれるからのう」

「今日は、それを利用して、十分に、兵を伏せておいて、引っ包《くる》んで――」

武蔵は、それを聞くと共に
「又七郎、待ち兼ねたり」

と、大喝して、一刀の下に、又七郎を斬ってしまった。

その勢に、門人は雪崩れ立って、とうとう遠矢を少し射かけたまま、退却してしまった。この時分から、武蔵の心境は、だんだんと深くなって行ったようである。

剣客の心得

佐々木小次郎と、武蔵との船島の試合は、余りに有名であるから、詳しいことは書かぬが、剣客の心がけとして、この試合からは、いろいろと学ぶものがある。

当時の勝負は、多く真剣であるから、真の剣技の外に、駆け引きも必要であった。又七郎との勝負に、いつも、試合には、対手より時間を遅らせて行く武蔵が、早く行っていて機先を制したのも、その一つであるし、船島の勝負に、佐々木小次郎の刀の長さを聞いておいて、それより長い木刀を作って出かけたのも、技倆《ぎりょう》伯仲と見て、得物の長い方が勝つと考えたからである。

それから、わざわざ時刻を、うんとおくらせて行って、小次郎をじりじりとさせて、その心の平静さを先《ま》ず破らせておき、試合の始まる時に、小次郎が鞘《さや》をすてたのへ

「この勝負は、わしの勝じゃ」

と、声をかけ

「何と申す」

と、小次郎が答えると

「勝つ気なら、鞘は捨てぬぞ」──

こうして、小次郎を怒らせて、自分の勝利を確実に導いている。戦争でいうと外交戦、宣伝戦に当るものである。これは、後世、道場の中で、作法正しく試合するようになると、わざわざ時間を遅らせて行ったりするのは、卑怯にもなるが、時間を対手がおくらせたからとて、ただちに怒るのは、肚の出来ていない証拠で、平然と、対手が何をしようと、心を乱さぬようにならぬと真の名人とは云えない。

又、一流の武術者は、実に平素から、用意周到であって、天気にも、道を歩くにも、家にいる時にも、少しも不用意なことをしない。その心得は、吾々《われわれ》にも、十分学んでおいていいことがあるから、左《さ》に紹介すると──。

陽を背に受けて戦うということは、誰でも知っているが、同様に、月も背に受けて戦うものである。風も同じく背に受けるのが便《べん》である。

雨の時には、上段に構えて有利、雪の時には、こちらが行かず、敵がくるようにすること。構は同じく上段が有利、山又は、坂では、高い方へ立って、敵を下にする事。戸、壁、堤等は、自分の右にして戦うこと、川、池の類《るい》も同じ。これを後方にしてはならぬ。

大勢の敵は、なるべく左の敵より斬り崩して、左へ、左へと廻るようにすべきこと、野で戦う時には、足を斬り、町で戦う時には首を斬る。

走る者を追う時には、十歩以内なら、すぐ追いついて討ち、それより遠い者は、一旦、敵を立ちとどまらせて、敵から打ち出させて後に斬る。もし、不意に敵が立ちとどまって、追手踏止まれなかったなら、敵の右手を駆け抜けてから、前より討つ。うしろよりくる敵は、右手へ開くに利がある。群集の中での戦いは、群集を前にすること。転んだものを討つには、頭の方からか、または左手の方から斬る。

提灯は、左方二尺ばかりあとに持つ事。宿屋にて、灯のある内は、荷物など、勝手悪い所に置いておき、灯を消した後は、自分の便利の所へ置きかえておくこと。枕はなるべくしにくい物をした方がいい。

道は大きく曲る事、夏は日向を通り、冬は人の通りの少ない陽の当らぬ所を行くこと。夜はなるべく静かに歩くこと。

こういう心得がいくらもある。足袋《たび》一つにしても、畳の上での戦いに、滑らぬよう、刺し子の裏にしておくとか、座につく時には、燈《あかり》の近くにいて、すぐ燈の消せるようにしているとか、屛風の端の方は危いから、決して坐《すわ》ってはならぬとか、泥棒の入る所は、大抵《たいてい》きまっているから、入ったなら、その所で払い斬りにするつもりで待つとか――数えていちいち、挙げることはできないが、右の条々よく考えると、成る程と思える事のみである。

宮本伊織伝

武蔵は、一生妻をめとらなかったので、子が無かった。然《しか》し、養子が二人ある。一人は宮本造酒之助《みきのすけ》、一人は宮本伊織《いおり》である。

武者修業をしながら、武蔵が出羽国正法寺ケ原へ行った時のことである。淋《さび》しい原の中に、子供が、鰌《どじょう》をとっていた。

(夜の菜《さい》にも)

と、武蔵が

「少し分けてくれぬか」

というと、子供は

「上げる」

と、桶ぐるみさし出した。

「そうはいらぬ」

武蔵が、手拭を出して、少し包もうとすると

「旅の人がくれと云うのに、こんな物惜しんでも仕方がない」

と、その全部をくれた。次の日、日が暮れようとするのに、宿がなく、夜になって、ようよう灯が見えたので、そこへ辿《たど》りつくと、子供の声で
「ここは、おれ一人だから、食事もないし、折角だが、もう少し行くと、家があるから」

と、宿を断った。

「いや、食事なんぞ何うでもよい、疲れておるから、何んな所でも、一夜、泊れさえすればよいから」

それで入ると、昨日の子供である。

「これはこれは」

と、その奇遇を喜んで、寝たが、夜中に、刃を研ぐ音がするので
（はて――）

と、武蔵は、用心しながら、試みに、大きく欠伸《あくび》をしてみて、子供の様子を窺《うかが》うと、子供が
「お侍は、顔つきに似ず、臆病だのう」

と、笑った。

「そうか」

「わしが、この刀で、お侍を殺そうとしたって、こんな小腕で、何ができる」

「では、何の為に、刃を研ぐのか」

「父が、昨日亡くなったので、うしろの山の母の墓へ葬ろうとおもうけど、わし一人では持てんで、死体を切って、運ぶつもりだ」

と、答えた。武蔵、それを聞いて、感じ入って、己《おのれ》と二人で、死体を運び、この子供を連れて戻った。これが、宮本伊織で、小倉の小笠原家に仕え、四千五百石の家老にまで昇進し、現在残っている宮本武蔵の碑を建てたのが、この人である。

寛永十一年五月二十一日、吹上御殿で、例の寛永御前試合の時に、荒木又右衛門と勝負して、相打ちだった宮本八五郎とは、この人の前名《ぜんみょう》である。

もう一人の宮本造酒之助は、兵庫県西宮で、馬子をしていた。武蔵が、非凡な子と見て
「武士にならんか」

というと、

「成りたいが、今わしが侍になると、両親が困るから」

と、答えた。それで、武蔵は、その子の家へ行って、

「一生、こういう子を、馬子にしておくのは惜しいから」

と、すすめて、播州姫路の本多《ほんだ》中務大輔《なかつかさたゆう》の家来にした。ところが、この造酒之助が、江戸詰の時に、中務大輔が死んだ。武蔵は、大坂にいて、その事を聞くと

「造酒之助め、近々にくるであろう、生涯の別れに一つ、大いに御馳走をしてやろう」

と、云ったので、人々が、妙なことをいうと、いぶかっていると、果して、造酒之助が、やってきた。武蔵は、

「よう参った。お前なら、必ずくると、わしは信じておったが」

と、歓待した。造酒之助は

「盃を下さりましょう」

と、武蔵から、盃をもらって

「これが、永代のお別れでござります」

と、笑って、武蔵に返した。人々は、猶《なお》、この事が、何故であるか、分らなかったが、やがて、姫路から

「造酒之助殿が、追い腹をお切りになりました」

と、武蔵へ知らせてくると共に

（さては）

と、分って、人々大いに、その志を哀んだというが、武蔵の人を見る明は、実にあったと云っていい。

都甲太兵衛

都甲太兵衛《とこうたへえ》が、衆人の中にいるのを、武蔵が一目見て

（これこそ、真の武士だ）

と、名も知らず、その性質も知らないのに、太兵衛のえらさを見抜いた、という話は、外《ほか》に書いたが、この都甲が、武蔵の言葉を裏書きする一つ事をやった。

それは、江戸城修築の時に、諸大名から、石を運んだが、細川家だけは、中々石が届かない。それで、都甲が必死に奔走して、ようよう石を運んだが、その運び方が早かったので

「都甲め、他家の石を盗んだのだろう」

と、いう噂が立った。そのために、都甲は獄へ下された。

「盗んだのであろう」

と、云われるが、都甲は、返事もしない。それで「篠揉み《しのも》」という拷問にかける事になった。この拷問は、竹の小口を薄くして、これを膝へ当てて揉むのである。すると、竹の中へ肉がちぎれて入って、竹を抜くと、穴が開く。その穴の中へ、煮えている醤油を注ぐのであるが、都甲は平然として

「手ぬるいことをする」

と、笑っているばかりである。とうとう膝が、山桃のようになってしまったが、白状しない。役人が、それで

「石盗人《いしぬすびと》、許す」

と、いうと

「盗人でないわしを、石盗人許す、とはなんじゃ」

と、云って、承知しない。そのために、役人は、都甲に謝して、ようよう都甲は、怒りを解いて戻ってきた。都甲は、生命を賭して、石を盗んで、主家を救ったのであるが、あまりの都甲の頑強さに、役人が感じ入って、放免したのだと、伝えられている。

この都甲を、一目して見出《みいだ》したのだから、武蔵の眼力は驚くべきである。

武蔵の妙技

小倉小笠原家の臣、島村十左衛門の邸へ、武蔵が行っていると、青木丈左衛門という人が
「是非、お教え願いたい」
と、言ってきた。武蔵が通して、その武を試みると、なかなかよく出来るので
「これだけなら、何処へ行っても、指南出来る」
と、称めた。青木大いに喜んで、退こうとする時、武蔵は、青木の持ってきた木刀をちらっと見た。紅《べに》の腕貫《うでぬき》が付いていた。
「それは何か」
と、聞くので、青木が
「八角の木刀で、試合に使います」
と、それを取出すと、武蔵は
「大たわけ、先刻、何《いず》れへ行っても指南出来ると申したのは、子供の師匠になられるという事じゃ。こういう業々しい得物を、したり顔して持ち歩くようでは、真の兵法

は見込みがないぞ。真の兵法とは」
と、云って、武蔵は、小姓を呼んで、一粒の飯粒をもらって来さした。そして、それを、小姓の前髪の結び目へ、くっつけて
「それへ立て」
と、小姓を立たしておいて、己は、大刀を抜くと、上段から
「とう」
と、斬りおろした。人々が、はっとすると、前髪の結び目の飯粒は二つに切れていて、前髪の元結《もとゆい》は無事であった。
「あっ」
と、人々が、驚くと
「今一度」
と、三度まで、それをやって、青木に、その二つになった飯粒を見せて
「どうじゃ、これくらいの腕でも、中々、勝利はむつかしい、お前など、紅の腕貫をつけて、こけ威《おど》かしをして、恥と思わんか」
と、叱ったので、青木大いに恥入って、それから、武蔵の門で、精進したが、後に、名を、青木鉄人と改め「鉄人二刀流」を江戸で開いたのは、この人である。

これと同じような手練《しゅれん》を、もう一度示しているが、それは、流儀を継いだ寺尾孫之丞との試合に、寺尾が、受けるはずみ、武蔵の勢込めた木刀の力で、寺尾の木刀が二つに折れてしまった。人々が
（やられた）
と、寺尾の頭のくだけたのを想像した時、その勢の烈しい武蔵の木刀が、寺尾の額の所でぴたっと止まってしまって、少しの傷さえつかなかった。その妙技に、見ている人々は、感じ入ったと云う。

二刀流の事

武蔵は、自分の工夫した二刀流について、こう云っている。

「この一流二刀と名付る事――初心の者に於て、太刀、刀両手に持って、術を習う事、一命をすてる時には、刀、太刀共残らず役に立てたきものなり。然《しか》れ共両手に物を持つ事、左右共に自由には使い難し。よって太刀を片手にても取習わせん為なり、先ず片手にて、太刀を振り習わん為に二刀として太刀を振り覚ゆる道なり」

即《すなわ》ち、二刀で平常稽古しておいて、片手でも使えるようにと、武蔵は心がけたので、

実際の時には、武蔵と雖《いえど》も二刀を使って勝負はしていない。脇差《わきざし》はとにかく、刀は、二尺二三寸以上になると、なかなか、片手では自由に斬れるものではない。それで、平常二刀で稽古していると、右手が強くなって、一刀の時にも利があるから、という理由で、二刀の稽古をさせたのである。

竹刀なんぞは軽いから、二本もっても、ぽんぽんとやれるが、あれが刀なら、すぐ疲れてしまう。維新当時、あれだけの剣客がいても、一人として、二刀なんぞは使っていない。それが本当で、講釈師がやたらに、荒木や、宮本に二刀を使わすのは、ことごとく出鱈目である。

正保二年五月十九日に、熊本城の邸で死んだ。六十二とも、六十四とも云う。鎧をつけさせて、飽田郡《あいだごおり》五丁手永弓削村へ葬った。武蔵塚として、今に残っているのが、それである。

巌流　佐々木小次郎
『真説　佐々木小次郎』

五味康祐

五味康祐（1921〜1980）

本作は、昭和三十年に新潮社「小説文庫」より刊行された短編集『柳生連也斎』に収録された一篇である。本書収録にあたっては、同書を底本とした。

小次郎参上

越前《えちぜん》朝倉家の家臣富田《とだ》五郎右衛門は、永禄《えいろく》二年の春、眼《め》を病んだので、家督を弟治部左衛門に譲って、剃髪《ていはつ》して勢源《せいげん》と号した。そうして翌年六月より美濃国《みののくに》岐阜に遊行した。

当時、美濃国主は斎藤山城守義龍《さいとうやましろのかみよしたつ》である。義龍の父斎藤道三《どうさん》は、初め名門土岐頼芸《ときよりのり》に妾《めかけ》を進め、後ち土岐氏を滅して既に娠《はら》める妾を奪うて己が寵《ちょう》とした。この妾に生れた子が、義龍である。従って義龍は実は土岐氏の子である。

義龍は長ずるに及んでこの事を知り、弘治《こうじ》二年に自立して道三を弑《しい》したが、豪宕《ごうとう》の質で、身長六尺五寸、坐《ざ》して膝《ひざ》の高さ一尺二寸、膂力《りょりょく》衆に秀《すぐ》れて馬を挙げるに猫《ねこ》を扱う如《ごと》くであった。道三は苛酷《かこく》の政を施《し》いて凡《およ》そ罪ある者は生きながら之《これ》を焚《た》き、或《ある》いは生裂いたが、義龍は能《よ》く人情を察して衆心を攬《と》った。それで庶民は家業に安んじ、又国中には大いに兵法が流行した。

義龍の兵事の師は、「関東に於《おい》て隠れなき神道《しんとう》流の名人」と称された梅津六兵衛である。或る日、六兵衛は門弟を招いて言った。越前に名だたる富田勢源が当地に参って居る由《よし》である。富田は中条流の小太刀を使うと聞く。一度、出会ってみたいものだが、誰か勢源の宿所へ参ってこの旨《むね》を伝えてくれ。

そこで門弟が勢源の宿所を調べると瑞龍寺《ずいりゆうじ》に居る事が分った。斎藤の武威が盛んなので、朝倉家の連枝・朝倉成就坊が越前からこの瑞龍寺に詰めている。それを頼って勢源は来ていたのである。

早速、梅津の弟子の高瀬三之亟、中村四郎五郎の両人が瑞龍寺に出向いて、試合を申込んだ。すると応対に立った僧が、

「富田勢源は不在である。」と答え、早くも奥へ入ろうとする。眼を赤く病んで、四十前後の僧である。

高瀬は訝《いぶか》しく思って、「然《しか》らば何刻頃《なんどきごろ》にお帰りであろうか。」と質《ただ》した。

僧は振り向いたが、応じなかった。この時一人の若い武士が、山門を遣《や》って来て、件《くだん》の僧に向って「先生。」と呼びかけ、厚朴《ほお》花の大輪に開き匂《にお》う一枝を献じた。高瀬と中村は顔を見合った。

二人に僧が言った。

「富田勢源は只今《ただいま》、不在である。明日参られよ。但《ただ》し中条流には曾《かつ》て試合というものがござらぬ。御所望の儀は、何度参られても応じかねる。」

そう言って、武士の手より厚朴花を受取るや忽《たちま》ちに踵《きびす》を転じた。

如何《いか》にもそれが倉皇とした見苦しい様《さま》なので、

「待てい。」

中村四郎五郎が身を乗り出して式台を踏まえ、大音《だいおん》に言った。「なるほど、勢源どの不在とあらば止《や》むを得ない。併《しか》し先頃より貴僧の態度を見るに、宛《あたか》も富田勢源の如くである。されば、念のため申し聞かせる。我が師、梅津どのは関東に隠れなき兵法者である。先年、当国に参られてより吹原大書記、三橋貴伝の両人は随分の師匠であったが、いずれも先生の太刀先に及ばなんだ。富田勢源とて、越前に於てこそ広言も吐け。梅津先生には悕《かな》うまい。我らはこれより立戻って勢源どの不在と申し伝えておく。名が惜しくば、匆々《そうそう》当地を立退《たちの》かれたがよろしかろう。」と言った。

併し言い了《おわ》らぬ前に僧は早くも奥へ消えて居った。それで中村四郎五郎は、衝立《ついたて》の達磨《だるま》の絵を睨《にら》んで言ったが如き印象を与えた。

一方、高瀬は、先ほど僧に花を献じた武士と対峙《たいじ》して居た。武士はまだ廿歳《はたち》前の背

のすらりとした青年である。僧が誰であったかと高瀬が問うと、

「富田先生じゃ。」

と応える。

「然らばお手前は門弟か。」中村が引退して来て、意気込んで訊《き》いた。

左右二人に詰寄られて、青年は些《いささ》かも動ずる気色がない。「如何にも門弟じゃ。されば、これより師の許《もと》へ参る、其処《そこ》をお通し下されい。」そう云《い》って、二人が間を通り抜けて玄関より奥に上った。

梅津六兵衛のもとに復《かえ》って、両人が右の次第を報ずるに、己が勇威を誇示するあまり勢源を殊更《ことさら》に軽んじ、且《か》つ悪様《あしざま》に論断したのは、事のなりゆきとしてやむを得ない。聞いた梅津は、満足げに、「居留守を使ったは却々《なかなか》妙策じゃが、明朝にでも当地を立去る所存であろう。」と笑い捨てた。

然るに四五日して、この時は高瀬三之亟が単独で、それとなく瑞龍寺に富田勢源の有無を窺《うかが》うと、未《いま》だ滞留の様子である。庫裏《くり》に当って、剰《あまつさ》え過日の武士の談笑する気配がある。三之亟はこの日小者を従えていたから、己れは門前に匿《かく》れ、小者をして更に仔細《しさい》に尋ねさせたところ、勢源はなお当分引揚げる様子はなく、彼に師事する武士は、越前より従い来った富田家の家来であることが分った。

先日の揚言のてまえ、勢源逗留《とうりゅう》の事を虚心に師の梅津には告げ得ない。と云って、つつみおおせるわけもないから高瀬はその足で、中村宅を訪問した。

四郎五郎は若年だけに意気旺《さか》んである。「よいわ。飛んで火に入る夏の虫とは勢源どのが事じゃ、おぬしは黙って居ったがよい。梅津どのへは、わしが言って進ぜる。」

この言に三之亟も力を得て、それより打揃《うちそろ》って師の梅津を音ずれて有りの儘《まま》を語った。

梅津方では、早速、別人を遣わして富田勢源に改めて試合を申込んだ。併し、勢源は何としても応じない。卑怯者《ひきょうもの》、臆病《おくびょう》ものと罵言《ばげん》を浴びせても、平気である。強《た》って中条流との手合せが御所望なら、越前には名だたる士もござる故《ゆえ》、彼地《かのち》に出向かれたがよろしかろうと言を左右にして取り合わない。

そういう交渉が一両度に及んで、或る日、この事は領主斎藤義龍の耳に入った。義龍は尚武《しょうぶ》の人である。越前に中条流の殷《さか》んなことは聞いている。梅津が敢《あえ》て試合を申込むほどの者ならば、勢源も使い手であろう。是非そういう者の試合を見てみたいものである、と股肱《ここう》の武藤淡路守《むとうあわじのかみ》、吉原伊豆守《よしわらいずのかみ》の二名を親しく瑞龍寺に遣わして、梅津との立合いを所望させた。これが永禄三年七月十八日であったという。

中一日おいた二十日になって、瑞龍寺から使いの者が武藤淡路守の邸《やしき》へ来て、勢源の意を伝えて来た。大要はこうである。――梅津は領主お声掛りの兵法者ゆえ、後々の禍《わざわ》いを慮《おもんぱか》って今日まで立合わなかったが、領主直々の御許容とあれば慥《たしか》にお相手を仕《つかまつ》る。但し、いずれが勝を獲ても、一切遺恨無き事をお含みおき願いたい。一応尤《もっと》もの申し条なので、武藤は諾意を与え、追而《おって》、試合の日取りは梅津に諮《はか》って当方よりお伝えに参る、と応じた。念のため使者の青年武士の名を質すと、富田家の家人で佐々木小次郎と名乗った。

梅津六兵衛は大いに勇んだ。試合の場には検分の者以外立会わぬのが、しきたりだから、義龍が親しく見るわけにもゆかぬが、「なに、試合の模様は立返って某《それがし》、直にお話し申そう。」昂然《こうぜん》と梅津は嘯《うそぶ》いて片眉《かたまゆ》を上げた。

試合は七月二十三日辰《たつ》ノ刻と定められた。場所は武藤淡路守の邸内である。淡路守と偕《とも》に前《さき》に瑞龍寺へ出向いた吉原伊豆守が検士である。

いよいよ試合の当日になると、梅津は早朝より、ゆがかりをして神に祈り、門弟十数人を従えて武藤宅へ赴いた。長さ三尺四寸余りの木刀を八角に削り、之を錦の袋に入れて中村四郎五郎に持たせていた。

富田勢源は家人の佐々木小次郎と二三の供の者を召し連れて、矢張り定刻前に武藤宅へ往《い》った。この日の朝、勢源は常の日の如く小次郎に稽古《けいこ》をつけた。勢源自らは一尺五寸の小太刀を把《と》り、小次郎に三尺余の太刀を振わせたのである。勢源は小太刀を特技とする、小太刀の効をしらべるには、技倆《ぎりょう》の優れた相手に大なる太刀を使わせるのが便宜である。同程度の業前《わざまえ》同士は長い太刀を把った者が必ず勝つからだ。従って、小太刀の修業の相手には常人より長い太刀を使わせる必要があった。佐々木小次郎は常々、そんな師の打太刀を仰《おお》せつかっていたものである。――代々、富田家は越前国一乗谷に住して中条流の刀槍術《とうそう》を伝えた家柄《いえがら》であったが、併し中条流に小太刀というものはない。小太刀を編んだのは富田勢源その人である。中条流は、応仁《おうにん》の比鎌倉《ころかまくら》に中条兵庫助《ひょうごのすけ》という者があって、兵法を好み、日向《ひゅうが》の国鵜戸《うど》の岩屋で遠山念阿弥《ねんあみ》慈音から妙旨を授けられてより、興った。遠山慈音というのは元奥州《おうしゅう》相馬の人で、相馬四郎義光《よしみつ》と云った。仏道に帰して慈音と称《とな》えたのである。敬して、人は念大和尚《おしょう》と呼んだともいうが、富田勢源はこの慈音より約二百年後に初めて一派の小太刀を工夫したわけである。

一方、神道流は、遠山念阿弥慈音とほぼ同時代に、下総香取《しもうさかとり》の住人飯篠長威斎《いいざさちょういさい》が香取神宮に参籠《さんろう》して奥旨を悟り、一派をひらいた。正しくは香取神刀流という。数代を経て、関東の名人と称されたのが即《すなわ》ち梅津六兵衛である。勢源との試合前に六兵衛がゆがかりをして神に祈ったのを、後世、とかく蔑《さげす》む風潮があるが、香取神刀流を踏む六兵衛としてはこれは先師に倣《なら》った当然の挙措だったわけである。

さて試合の場に臨んで、梅津六兵衛は三尺四寸余の八角削りの太刀、富田勢源は武藤邸の庭に在った黒木の薪物《まきもの》より手頃に一尺余の割木を取出し、手もとを鹿皮《しかがわ》で巻いて、立合った。試合は一瞬にして了った。梅津が頭は打ち割られ、鼻と耳から血を吹いて身体悉《ことごと》く朱に染まって倒れたのである。検士吉原伊豆守が牀几《しょうぎ》を蹴《け》って駆け寄ると、

「義龍公に、申訳ない。」

梅津は云って、己が鼻血を嚥《の》み込んで呼吸《いき》が絶えた。

遺骸《いがい》は、其の場で弟子どもの手で担《かつ》ぎ出される。武藤淡路守は勢源の神技に舌を巻き、此《こ》の日は終日邸にとどめた。帰途を梅津の弟子達が襲うのを惧《おそ》れたのであった。

翌日、義龍より是非対面したいとの意嚮《いこう》が伝えられて来た。勢源は断わった。午前《ひる》になると、朝からどんより曇っていた空は遽《あわただ》しく雨雲が趨《はし》って、地軸を揺がす大雷雨となった。折から主《あるじ》の武藤淡路守は義龍の館《やかた》——稲葉山城（岐阜城）に上って邸にいなかったが、家人の愕《おどろ》くのを他所《よそ》に、勢源は佐々木小次郎を伴い雷雨のさ中を瑞龍寺

に駆け戻った。後刻、小歇《こや》みの雨を突いて義龍公より下賜された鵝眼《ががん》銭並《ならび》に小袖一重《こそでひとかさね》を携え戻った淡路守は、さても要慎深い兵法者かな、と嘆じたという事である。

併し、雷雨を利して梅津門下の待伏せを予《あらかじ》め避けた程の勢源も、一旦《いったん》瑞龍寺に戻ると、別に門弟達の襲来を懼《おそ》れて岐阜を立退く様子はなかった。試合の模様は日を経ずしてパッと美濃一円に拡《ひろ》がり、わざわざ瑞龍寺に出向いて来て勢源に誼《よしみ》を通じようとする隣州の兵法者もある。毎朝、小次郎を相手に稽古をすると聞き知って、その模様を見るため薄明から山門前に立つ者もある。瑞龍寺は門前に蝟集《いしゅう》するそんな武士達の応接に暇《いとま》がなかった。彼ら兵法者がいずれも勢源に畏敬《いけい》をこそ懐《いだ》け、けっして試合を申込まなかったのは、曽ての梅津六兵衛の強さを知っていたからであろう。

義龍公からはその後も辞を尽して、招聘《しょうへい》の使者が来た。勢源は眼疾を理由に断わりつづけた。そこで義龍公は勢源の旧主筋にあたる朝倉成就坊を動かした。勢源も遂《つい》に断わり兼ねて、己が代りに家人の佐々木小次郎を稲葉山城に饋《おく》った。この時、「小次郎なる者それがしの取立てし秘蔵弟子なれば、渠《かれ》を以《もっ》て勢源その者と看做《みな》され度。」という勢源の口上だった。これは、万一小次郎が試合をして敗れれば、負けたのは勢源だという意味であり、若《も》し又、梅津の弔いを義龍公が希《のぞ》まれるなら、存分に小次郎を討たれよという意味にも採れる。

——佐々木小次郎なる者は越前国宇坂の庄《しょう》、浄教寺村の生れで、父の代からの富田家の家来である。兄に為太郎という者があって、故あって主家の勘気を蒙《こうむ》り、越前の国今立郡鯖江《さばえ》の誠照寺《じょうしょうじ》に入門した。誠照寺は上野山と号し、もと越前三門徒の一本山で、後ち浄土真宗誠照寺派の本山となった。親鸞《しんらん》が越前へ左遷《させん》の途次に数日滞留した殿舎より興ったとも伝える。その寺領は朝倉氏の寄附によった。

小次郎は幼少より富田家の当主五郎右衛門勢源に仕え、律儀《りちぎ》一徹の彼は兄の分も補おうと精勤した。傍《かたわ》ら主人に就いて刀槍術を修めた。既に十六歳の比、勢源の弟治部左衛門に打ち勝って、勢源に従って美濃国へ来た時は未だ十七歳である。

斎藤義龍は伺候《しこう》した小次郎の意外に年少なのを見て、さきの勢源の口上を想《おも》い併せ、忽ちに一計を運《めぐら》した。もともと義龍は巨大の体軀《たいく》のため外見愚鈍の如く見え、内実《うち》は穎悟《えいご》の大守である。梅津が武略は惜しいが、さりとて勢源が危惧《きぐ》した如くそれに恋々たる未練者ではない。勢源へ含むところは毛頭なかった。

義龍は先《ま》ず、膳部《ぜんぶ》方に命じて小次郎の前に山海の珍物を尽し、旨酒《うまざけ》を用意させた。次いで大広間に奥仕えの女中六十余人を並べて、艶《えん》を競わしめて十七歳のこの兵法者を遇したのである。即ち、義龍は終始、武芸に関する話題を口にしない挙に出たのである。

六十人の女中はいずれも美を凝らして着飾り、その中には義龍の側室も一人加わって居った。義龍の指図で、女子衆は前後二組に訣《わか》れて、広座敷の両側に、互いに対合《むかいあ》って坐《すわ》った。すると早くも向うと眼交ぜをして、クスクス含み笑う者がいる。——手を膝に揃えて目を閉じて、自分の順番を待つ者もある。——人身の将棋なのである。義龍は、上段の間にどっかと坐って、指図して意の儘《まま》に居並んだ女中を動かすのである。義龍自らが王将であり、女中の某は飛車であり、某は角行であり、某は歩《ふ》である。度々催されることとて、女中達は既に己れが何の駒《こま》であるかを了知していて、義龍の命があると、「歩」の女中は畳一帖《じょう》を前へ進む。すると向う側では、側室が矢張り指図をして、女中の一人がこちらへ向って、一歩進む。角行は義龍の命を享《う》け、斜めに座敷を走って敵陣の中に進んで、朋輩《ほうばい》の女中を抱く。笑いのさざめきが辺りに拡がる。女中は裾《すそ》を乱して其処《そこ》に寝転がって一回転をしたからだ。所謂《いわゆる》「成る」である。すると隣りに居った敵方の「銀」の女中の一人が、つと寄ってトンと肩を敲《たた》いた。そうして、

「見上げましたぞえ。」

と言った。見上げるとは貴女《あなた》の役は終ったという意味である。

かくして、義龍と側室の間に勝負がすすめられた。義龍はこの日、遠山ずりの色よき衣に出頂頭布を頂いていたが、いつか衣の袖を上げて、中啓をひらいて胸もとを煽《あお》いだ。勝負に打興じて佐々木小次郎を忘れさった態《てい》である。美しい側室も始終、口辺に微笑をたたえている。武臣も斉《ひと》しく片側に並んで、いっそ無心に打眺《うちなが》めている。中にはこんなことを囁《ささや》き合っている者もある。

「あの飛車めは弱そうじゃな。歩のお役目とて、我らに一役かなわぬものかの。」「控えさっしゃい。抜け駆けは戦陣の法度《はっと》じゃぞ。」などと云っている。弱冠小次郎一人は身を固くして、却《かえ》って酔うが如く茫然《ぼうぜん》とこの光景を眺め入った。

義龍が日頃目をかけた兵法者に、梅津の他に一人、不思議の術を使った者があった。名を安川田村丸と云った。

安川は大和国高田に生れて、もと武田《たけだ》信玄の猿楽金春派《さるがくこんぱる》の能の巧者であった。一日、武田の家来竹村某《なにがし》が田村丸の舞う様を見て、武技に愜《かな》って隙《すき》のないのに愕き、矢庭に、小柄《こづか》を抛《な》げつけた。田村丸は舞の所作を崩さずすいと身をかわして、舞いつづける。之《これ》を見て、更に竹村は脇差《わきざし》の小柄を摑《つか》んで投げたところ、同じく体をきめて避け、小柄は空しく彼方《かなた》の柱に突刺った。舞い了った田村丸に竹村が言った。さてこそ一芸の名人は違うものよ、我が手のうちも及ばぬか。そう云って賞美して、今一度と所望した。見ていて信玄も親しく言葉を添えて慂《すす》めた。すると田村丸は、

「仕舞は人を慰めも致しましょう。されど、なぐさみものの舞は某、仕りませぬ。」

と言った。

それが如何にも傲《おご》った態度で、信玄は「広言者」と呼び捨て、佩刀《はいとう》を把った。田村丸はあやうく遁《のが》れた。それより甲州を去り、町人の子供其他に謡《うたい》、小鼓《こつづみ》、仕舞等の指南を渡世にしたが、戦国の世に悠長《ゆうちょう》な芸事をたしなむ者は限られて居る。貧に加えて芸はいよいよ堕《お》ちるばかりである。遂に意を決して、舞扇を捨て、兵事に志した。

いっそ身の災いとなった兵法《ひょうほう》を以て世に立とうと田村丸は決心したのである。廿一歳の時である。以来十年余を閲《けみ》して、斎藤義龍が道三を弑《しい》した頃、世の常にない銘手と噂《うわさ》される力倆を美濃《みの》に表わしていた。

田村丸の技は、不可思議である。彼は相手の投げつけた手裏剣を、指で捻《ひね》って忽《たちま》ちに投げ返す。その時、実は田村丸の指は一葉の銀杏《いちょう》の葉を撮《つま》んでいる。飛び来った手裏剣は、この銀杏の葉に刺った時ひねられて再びもとへ飛び返るのである。

或《あ》る時、田村丸の術を邪剣と罵《ののし》った者があった。田村丸は、「然《しか》らば、邪剣の某に勝ち召さるか。」と云《い》った。

「おお、勝たいでか。」肩を聳《そびや》かして言うや彼は発止と小柄を投じた。忽ちに虚空《こくう》を摑んで、うち倒れたのはこの武芸者である。彼の胸には一枚の銀杏の葉が載り、彼自らの手裏剣が銀杏の葉を通して胸板を刺していたのである。

佐々木小次郎は、あの日以来おりおり稲葉山城に登って義龍の機嫌《きげん》を伺っている。その度に過分の饗応《きようおう》を受ける。下城に際しては師の勢源へ菓子折が託《ことづ》けられる。時服を賜る時もある。

或る日、下城して瑞龍寺へ帰りかけていると、向うから一人の侍が遣《や》って来た。如何《い》何《か》にも身軽げに装束して、謡を口ずさんでいた。行き交う時、侍はふと歩み停《とま》って、「お手前が佐々木小次郎どのか。」

と呼びかけた。

「そうじゃ。」

小次郎も立停った。「何ぞ御用か。」

「おお、小次郎どのなら、用がある。」

そう言って侍は数間をとび下って、「わしは梅津どのと曾《かつ》て昵懇《じっこん》の安川田村丸という者じゃ。春より京へ旅行して居ったに、梅津どのは、おぬしが師の勢源どのと試合って相果てなされた。わしが居ったら、おめおめおぬしらに勝たせはせんじゃったろう。思えば梅津どのが不憫《ふびん》じゃ。」そう云って、足下の小石を拾ってパッと投げた。

さして捷《はや》くもない石だったので小次郎は労なく身を躲《かわ》した。

小石は城壁の石垣《いしがき》に衝《あた》って乾いた音をたてた。家来ではない小次郎は不時の下城ゆえ、あたりに城を下る藩士の姿もない。

重ねて石を投げつける相手なら、躍り込んで斬《き》り捨てようと小次郎は身構えた。その小次郎を、田村丸も窺《うかが》って身構えたと見えた。小次郎は、瑞龍寺の小者を一人従えて居った。燕《つばくろ》が田村丸の背から翔《と》び来て小次郎との空間で身を翻《ひるが》えして再びサッと中空に飛び去った。併《しか》し、遠く得翔ばず鉛の様に重く墜落した。燕の背から白い腹へ手裏剣が貫いて居った。

田村丸は滅多に自らの小柄を仕懸けない。未《いま》だ曾て、投げたものが失敗《しくじ》った事がない。それ故田村丸は如何なる時も只《ただ》一本の小柄をしか用意しない。田村丸にとって、二本使わねばならぬ時は即ち敗北である。

この場合は不幸な燕が小次郎を救った。併し田村丸にとって、それは、二本目を投げねばならぬ屈辱を拭《ぬぐ》う理由とならない。

「わしが負けじゃ。」

田村丸は無策の棒立ちに突立って、小次郎へ叫んだ。

小次郎は燕の変死が何を意味したかを知って面色《かおいろ》が変って居った。小次郎には未だ、鮮かな敵を称讃《しょうさん》する純な若さが残っている。その感嘆のおもいで青ざめたのである。

――そうして、

「いいや、お手前が勝ちじゃぞ。」と叫びかけた。

佐々木小次郎と安川田村丸がこの時から誼を交したのは、至極自然ななりゆきであったと云える。小次郎は瑞龍寺へ戻ると、つぶさに右の仔細《しさい》を勢源に打明けた。勢源がさしたる感動を示さなかったのは器量の大きさとも見え、些末《さまつ》の業前を仰山に賞嘆するなと、窘《たしな》められているとも思える。小次郎は意気込んで語り出した己が口吻《こうふん》の持って行き場に困って思わず赤面をした。併し、何とはない不満の色もその迹《あと》にあらわれた。

以前は無意味の事と思われていた稲葉山城への伺候に、心なしか小次郎が晴れやかな面持《おももち》で出向くようになったのは安川田村丸との一件があってからである。惟《おも》うに『友情』の為《な》せる業であろう。この日迄《まで》小次郎は師との日夜以外に生活を有《も》っておらぬ。師の勢源は既に不惑の壮年である。修業のみ厳しい。日々話題を他に転じて談笑する余暇も、事柄とてもない。然るに安川田村丸とは他事も隔意なく話しあえそうである。尠《すくな》くとも、師の勢源との間に味えぬ若い共通の何物かが通じる。小次郎が面上には、律儀一方の彼には曾てあらわれた事のない青雲の志の如《ごと》きものが映じはじめた。その年の夏もすぎて、漸《ようや》く秋めいた風の涼しく感じられる十月はじめの事である。

或る日、義龍が側《そば》近く小次郎を招いて、

「どうじゃ、当地に永くとどまって、喜太郎に仕えてくれる気はないか。」

と尋ねた。喜太郎は義龍の一子で、後ちに織《お》田《だ》信長に滅ぼされた斎藤龍興《さいとうたつおき》の幼名である。

小次郎は鳥渡《ちよつと》思案をして、「師のお許しがなくば愜わぬ事で、それがしの一存にてはお答え致しかねます。」と言った。

「したが、勢源どのはその方を余に饋《あた》えてくれたぞ。許すも許さぬもあるまい。現に、こうして予に伺候致させ居るではないか。」と義龍は言った。

慥《たしか》にその通りである。今日も、久々に登城して参れと命じたのは勢源その人である。もともと登城して、用向があるというわけのものではない。兵法にわたる話もそう繰返してある筈《はず》はない。云ってみれば、他国に滞《とど》まった兵法者が、その国の太守に御機嫌伺いの登城である。それとて、月のうち二度もすれば多すぎる。——結局、小次郎の伺候は、仕官の前の足場ならしの観がある。事実、度々の伺候で自《おの》ずと諸役人とも面識が通り、一度は梅津六兵衛の門に在って勢源師弟を狙《ねら》おうとした者も、今では、他の役向きの家臣などより、武芸の道につながるだけに却って親密の度が加わっている。最もよい例が安川田村丸である。

そういう事を、悉く、勢源は察知しているであろう。小次郎の面体《めんてい》に曾てない覇気《はき》の耀《かがや》いているのも見知っているであろう。その上で伺候をすすめるなら、秘蔵弟子の仕官をむしろ期待して居るとも云えそうである。

然るに、勢源は終《つい》ぞその事を口にのぼせた事がない。帰って来た小次郎に、城中での首尾一つ聞こうともしない。小次郎が兎角《とかく》の模様を報ずると興なさそうに聞き流す。むしろ、いくらかの関心を示すのは同坐《どうざ》している朝倉成就坊の方である。

そんな勢源が、併し、一たび稽古《けいこ》の太刀を取ると、見違える如く精気を帯び気魄《きはく》に於《お》いて寧《むし》ろ若い小次郎を凌《しの》いだ。稽古の打太刀は次第に長大となって、小次郎は物干竿《ざお》めいた異様な長さを必要とした。そうせねば尋常には太刀打ち出来ないのである。そんな時、より長い太刀を必要とする小次郎に対する勢源の気合は、何か異様な、物に憑《つ》かれた如き相貌《そうぼう》を帯びて、妖気《ようき》が立つ。見事小次郎に打勝つと、酔うが如く勢源は狂喜して却って小次郎の出来を褒《ほ》めるのである。手をとらんばかりにして、劬《いたわ》りの言葉をかけて、褒める。

——小次郎は、そんな師を見ると師のはかり知れぬ強さを畏敬《いけい》する前に、却って肌《はだ》寒い鬼気を感じた。ついで邪道に自分が在る感じを懐《いだ》いた。それほど迄にして小太刀に執してよいものであろうかと省みるのである。と同時に、師に満たされぬ日頃《ひごろ》の寂《せき》寥感《りょうかん》が甦《よみがえ》って勃然《ぼつぜん》と敵愾心《てきがいしん》が湧《わ》き起ってくる。斯様《かよう》に長い太刀を使って己《おれ》は敗れるのか、と自嘲《じちょう》に似た憤《いきどお》りも湧く。自ずから、再び勢源と相対する小次郎の太刀先にはついぞない真剣の気が迸《ほとばし》り、もとより勢源は小太刀に憑かれて居る、両名はいつしか師と弟子であることを忘れ、太刀の長短に意地と生甲斐《いきがい》の全魂を傾けて闘っている。

——そんな稽古が、漸《いら》く繁《しげ》くなった頃日《けいじつ》である。

小次郎が何時《いつ》までも応えないので、

「どうじゃ、勢源どのに異存はあるまいぞ、是非、思いたって、喜太郎の相手をして呉《く》れい。」

と重ねて義龍が言った。小次郎は師に伺って、しかとした返答は後日の事に致しとうござる、と言って、この日は退出した。

その晩である。

夕べの勤行《ごんぎょう》が本堂で行われていた。読経《どきょう》の文句も、今では小次郎も聞き覚えに唱え

られそうである。併し、勢源の前に畏《かしこま》って小次郎が面は青ざめている。——やがて、

「それではお許しが叶《かな》いませぬか。」

　と小次郎は弱々しく問うた。

「何度申せば分るのじゃ。」

　勢源は苛立《いらだ》たしそうに言った。「義龍どのが如きは我らが主君と仰ぐに足る器ではないわ。」

　小次郎が応えずにいるので、暫《しばら》くして勢源は又言った。

「わしは、その方を手離すが惜しゅうて申すのではない。中条流を名乗る者で、その方と尋常に立合える者、三人と指折って五人とは数え得まい。わしは丹精こめた弟子を、美濃一国が如き太守に差出すのは、不足じゃぞ。」

　と云った。

　勢源は小次郎になかば背を向けて螺鈿《らでん》の卓を前に坐っていた。卓上には打乱筥《はこ》と硯《すずり》と泔坏《ゆするつき》がある。硯には、硯頭に置いて塵《ちり》を遮《さえぎ》る小さな衝立《ついたて》風の硯屏風《びょうぶ》が立ててある。勢源は無意識にその硯屏《けんびょう》を、立てたり倒したりする。そうして不快の時の癖で、時々傍らに置いた唾壺《だこ》を取り上げては喝《かつ》と吐く。

　小次郎は垂れていた頭をあげて、

「分りました。それがしの思いあがりでござる。」そう云って、以後、かようの不遜《ふそん》の願いは申述べずいつまでも師の許《もと》にあって御奉公を致したいと言った。

「おお、そうかそうか……」燭台《しょくだい》の灯《あか》りがゆらいで大きく勢源の影が前に倒れた。勢源は刀架の大和国則長二尺三寸九分拵付刀《こしらえつき》を把《と》って、無言で小次郎に与えた。

翌日から、富田《とだ》勢源は京へ上る旅支度をはじめた。瑞龍寺の水が目にあうというのが理由の逗留《とうりゅう》だったが。――旅支度に日数の要るわけがない。

いよいよ出立という前日に、小次郎は義龍に挨拶《あいさつ》に出向いた。勢源が命じたのである。義龍は愕《おどろ》いて、且《か》つ大いにおしんで、金地蒔絵《まきえ》の印籠《いんろう》を餞《はなむ》けにして、

「他年、当地へ参ることがあったら、是非とも立寄ってくれい。」と言った。

城をさがると、いくどか通った道すじである。濠《ほり》の水の色にも、樹《き》のすがたにも感慨めいたものが湧く。小次郎は一度、立停ってゆるりと四囲を打眺めて、微《かす》かに否々《いな》と頭をふって、足早やに歩きはじめた。

その時、背後に安川田村丸が追いついていた。

「おぬし、此《こ》の地を立去るそうじゃな。本当か。」と訊《き》いた。

「本当じゃ。」小次郎は故意に明るく笑った。

田村丸は言った。「おぬし、若君お附きの役目、断わったそうじゃな。」

「おお断わったぞ。お手前とて、仕官は致して居らぬではないか。」

「わしが事は放っておけ。」田村丸は凝乎《じっ》と小次郎を見据《みす》えて、「お役目辞退したは、勢源どのの吩《い》いつけか。」と訊いた。

「余計な事じゃ。」

小次郎はゆっくりと歩き出した。「わしは富田家の家の者ゆえ、御主人の申されるのを肯《き》かないで何とする。」

「それはそうであろう。」田村丸もあっさり首肯して、

「したが、お主は物干竿など振うて居るそうな、何のためじゃい？」

「――」

「瑞龍寺の、あのあたりでお主の物干竿を知らぬ者とてないというぞ。――何のためじゃ。それを聞かせてくれい。わしは、納得のゆかぬ事あっては、夜も眠られん。」

「――」

「小太刀のためと云うなら肯かんぞ。そんな長い太刀を、何《ど》うして一生腰に差すつもりじゃ。背中にでも背負うて歩くか。」

田村丸は笑いもしないで小次郎の面を見る。小次郎は真直《まっす》ぐ遠くを睨《にら》んで歩いている。小次郎の方が田村丸より背が高い。田村丸は併し機敏に歩を運ぶ。

「……背に負うとは、妙策じゃな。」小次郎が言う。尤《もっと》も至極という顔である。

田村丸は複雑な嗤《わら》いようをして、「さあ納得させてくれい。おぬしとは知り合《お》うて日は浅いが、刎頸《ふんけい》の交わりをしたとわしは思うて居る。背に太刀など負うて、試合の折に何とするぞ。——第一、鞘《さや》が邪魔にならぬか。」

「止《や》めてくれい。」

小次郎が煩《うる》さそうに遮った。いつか瑞龍寺の白壁の見える辺りに来ている。

「止めいというなら、もう云わぬ。」田村丸は其処《そこ》でツト立停った。小次郎も立停った。田村丸は小次郎の眼《め》を喰《くい》い入る如く瞶《みつ》め入って、不意にこういう事を言った。わしが技は小柄じゃ、勢源どのの小太刀とて、わしが小柄の短さには愜《かな》うまい。その小太刀のために弟子を片端にする心が肚《はら》に据えかねるのじゃ。よって小柄の威力を示してやろう、さすればおぬしも、不様《ぶざま》な太刀など身につけずとも済むであろう……そう云って、「やっ」と叫んで、身を翻えすと、忽ち其の場から駆け去った。

翌日、富田勢源と佐々木小次郎は卯《う》の下刻に瑞龍寺を発足《ほっそく》して、京に向った、永禄《えいろく》三年十月七日である。江崎を過ぎ、佐波の立場に差しかかった時、道の行手に安川田村丸が躍り出たのである。

小次郎は勢源を庇《かば》って前に立ちはだかった。

「おのれ、田村丸、先生に手出しは許さんぞ。」と叫んだ。

田村丸は叫んだ。「其処どけ。わしが相手は勢源どのじゃ。小太刀打ちとは片はら痛い。勢源どの、お手前がどれ程上手でも、それがしが小柄の短さには及ぶまい。出ませい。」と言った。

勢源は小次郎を押し除《の》けて、出たのである。勢源は貞守極無銘一尺三寸八分の小脇《わき》差《ざし》のみ差している。落着いて、半歩、足をひらき半身《はんみ》に構えて、

「何者じゃ、名を名乗れ。」と言った。

「大和国の住人、安川田村丸じゃ。」

田村丸は、両股《りょうまた》をひらき、身を前にかがめ、下より狙うように勢源をうかがっている。間合は充分ある。

咄嗟《とっさ》に、田村丸が道の礫《つぶて》を拾い投げたので、勢源は身をひらいた。すかさず二のつぶてが飛んで来た、この石は捷《はや》かった。

「無礼者。」一喝して勢源は小脇差より小柄《こづか》を抜取った。

小次郎が「あっ」ととどめようとした時、飛燕《ひえん》の捷さで勢源は小柄を投げた。田村丸は棒立ちとなって、片脚できりりと鮮かに二廻転《かいてん》舞った。と見る間に、勢源の方がよろめいて小次郎に身を凭《もた》せて、どっと倒れた。咽喉仏《のどぼとけ》のあたりに銀杏の葉があった。

小次郎は太刀を抜いて、

「田村丸。よくも……小次郎参る。」

叫びざま身を躍らせた。

田村丸の小柄に二度目は利《き》かぬ。

「待て。わしは、お主を……お主を」

云いもあえず、悪鬼の如き小次郎の一刀を浴びて、血煙りをあげ「お主のためを思うたのじゃ……。」田村丸は道の砂利を掻《か》き寄せながら、息絶えた。

小次郎と義仙《ぎせん》

一

佐々木小次郎が舟島で宮本武蔵《むさし》と仕合をしたのは、一般には二十歳前後の美青年時代のように云《い》われているが、実は六十九歳の老人である。仕合の期日は『二天記』によれば慶長十七年四月二十一日だったという。小次郎の師の勢源は、前章で述べたように永禄三年に、眼を疾《わずら》って、家督を弟に譲り、小次郎を供に岐阜へ赴いた。そうして斎藤義龍の抱え兵法者梅津と仕合をした。小次郎が師の他流仕合を見たのはこれが初めてだが、かりに当時の小次郎を十七歳としても、この永禄三年から慶長十七年まで、五十三年余を経過している。即《すなわ》ち武蔵との仕合は七十歳が道理である。

中村守和という人の話によると、いよいよ小次郎と武蔵との仕合当日になって、貴《き》賤《せん》見物のため舟島に渡る者が夥《おびただ》しい。小次郎ものびやかに船場に来て船に乗り込んだ。そうして渡守に、何気なく、「きょうは大へんに人が海を渡るようであるが、何事があるのじゃ。」と訊《たず》ねた。

渡守は答えて云った。「お武家さまは御存じないようでございますが、今日は佐々木巌流《がんりゅう》と申す兵法使いが、宮本武蔵と舟島にて仕合をなされます。それを見物しようとして、まだ夜の明けぬうちから、この有様でございます。」

小次郎は、「実はわしがその巌流じゃ。」

と言うと、渡守は大いに驚き、さて小声で云うのに、

「もし貴方《あなた》さまが巌流様でいらっしゃるなら、この船をあちらの方へ着けましょう故《ゆえ》、早く、このまま他国へお立去りになる方がよろしゅうござります。あなた様が、よし、神様のような使い手でいらっしゃろうとも、宮本様の味方は人数が多いそうでございますから、どちらにしても、お命を保つことは出来ますまい。」と云う。

巌流はそれを聞いて、

「その方の申す通り、きょうの仕合、さもありそうな事であるが、拙者はかならずしも勝とうとは思っておらぬ。且堅《かつ》く約束したことであるから、たとい死すとも約束をたがえる事は出来ぬ。恐らく、舟島で拙者は敗れるであろう。さ様な折は、我が魂を祭って水なと手向けてくれい。」

そう云って懐中から鼻紙袋を取り出して、渡守に与えた。

渡守は涙を流して小次郎の豪勇に感じ、やがて船を舟島に着けた。

小次郎は船から飛下りて武蔵を待った。武蔵も又此処《ここ》に来て勝負に及んだ。小次郎は精力を励まし、電光のごとく稲妻の如く術をふるうといえども、不幸にして命を舟島にとどめた、という話である。

この物語をした中村守和というのは十郎右衛門《えもん》といって侍従松平忠栄に仕え、刀術及び和術《やわら》に達した人だが、「巌流宮本武蔵と仕相《しあい》の事、昔日老翁《せきじつろうおう》の物語るを聞けば」と云って右の話をはじめたのである。

別に『撃剣叢談《そうだん》巻之四』に拠《よ》ると、仕合の模様は少し違っている。――いよいよ武蔵と小次郎が仕合をする事にきまって、双方の弟子どもは大そう恐れ危《あやぶ》んだが、武蔵の弟子山田某《なにがし》という者が小次郎の弟子市川との話の序手《ついで》に、「岸柳は物干ざおと称《よ》ぶ大太刀を好むよしだから、これに勝つため宮本先生は木太刀を拵《こしら》えておられる。」

と語った。すると市川が云うのに、

「岸柳先生には虎切《とらき》りと申して大事の太刀がある。大方、この太刀で勝負をなさろう。」

山田は帰ってこの由《よし》をつぶさに武蔵に告げると、武蔵は、

「虎切りは聞き及びたる太刀である。さもあろうか。」

とわらった。さて勝負の日になって、『武蔵ハ軽捷《ケイショウ》無双ノ男ナレバ岸柳ニ十分ニ虎切ヲサセテ飛上リ、革袴《カワバカマ》ノスソヲキラレナガラ、岸柳が眉間《ミケン》ヲ打砕テ勝テリ』という。『二天記』になると、この仕合の模様はかなり詳細な、即ち我々にも馴染《なじみ》の深いものになってくる。小次郎は師の勢源の小太刀に打太刀をつとめて、遂《つい》には師のため物干ざおと称する三尺余の大太刀を使うような奇矯《ききょう》の剣士となったが、勢源が田村丸なる小束の名手に討たれたので、一刀に田村丸を打ちすえ、諸国を修業して豊前《ぶぜん》小倉に来たとき、時の城主羽柴《はしば》（後の細川）越中守忠興《えっちゅうのかみただおき》に認められ藩士の師範役となった。認められた機縁というのは、忠興には似我《じが》与左衛門という太鼓の師匠があり、忠興自身は縕奥《うんおう》をきわめたつもりでいたが、似我は、

「残る所なき御拍子なれども、撥《ばち》が未《いま》だ切れ申さず。是某《これそれがし》に劣り給《たも》う所なり。」

と云って肯かない。そこで色々と工夫をしている頃、恰度《ちょうど》小次郎が城下に立寄って異様な大太刀を使う兵法者との評判が高かった。忠興は試みに小次郎を招いて、右の太鼓の話をすると、少時考えていた小次郎が、

「弓をお引きなされては如何《いかが》。」

という。太鼓の修業に弓とは不審なことを申すと、忠興も其の場では訝《いぶか》ったが、或《あ》る時、云われるままに弓を射ていて、ふと弦《つる》が切れた。はっとした忠興は、弓を地に投げ、

「太鼓の撥の切れるというを今こそ合点致した。匆々《そうそう》似我を呼べい。」

そう言って太鼓を取出し、試み打っている所へ似我が伺候《しこう》して来たが、遠くより音をきいて、「さてもさても太鼓の撥が初めて切れ申したり。」と言い言い忠興の前へ出仕したという。

——これが小次郎の細川家に仕える機縁となった概略である。小次郎は爾後《じご》小倉にとどまって藩士の指南をする身になった。

武蔵の方は京都から小倉へ来て、家老長岡佐渡を訪ね、小次郎との仕合を申込んで忠興の許可を得た。長岡は武蔵の養父無二斎の門人だった人である。仕合の場所は舟島、時刻は辰《たつ》の上刻と定められた。小次郎は忠興の舟。武蔵は長岡佐渡の舟で渡るこ

とになった。

併《しか》し、長岡の舟では武蔵一流の駈引《かけひき》が出来ぬ。武蔵は無断で前日下関に渡って、舟宿小林太郎左衛門方に泊る。而して当日、日が既に高く昇って漸《よう》やく起き出《い》で、亭主に乞《こ》うて櫓《ろ》を求めて木刀を削った。その間小倉からは両三度渡船せよとの急使が来る。武蔵のこの日の服装は絹の給《あわせ》を着て、手拭《てぬぐい》を帯に挟《はさ》み、その上に綿入を着て小船に乗った。召しつれたのは宿の僕《しもべ》一人であった。さて船中で紙捻《こより》をして襷《たすき》にかけ、右の綿入を被《かぶ》って伏した。これは気を散らさぬためであったという。

島では厳重な警固が施されていた。武蔵の船が着いたのは巳《み》の刻に近い。舟を洲崎《すさき》にとどめ、被っていた綿入を除けて刀を船に置き、短刀を差して裳《も》を高くからげ、彼の木刀を提げて素足で船から降り、浅汀を渡ること数十歩、行く行く帯に挟《はさ》んだ手拭を以《もっ》て一重の鉢巻《はちまき》をした。

小次郎の方は猩々緋《しょうじょうひ》の袖《そで》無し羽織に、染革の立附袴《たつつけばかま》を着し、草鞋《わらじ》を履き、備前長光の三尺余の太刀を帯びて待ち疲れた様子であったが、武蔵の来るのを見て、進み出、水際《みずぎわ》に立って、

「我は約束通りに来た、お手前の遅れたは臆《おく》したるか。」

と叫んだ。

武蔵は聞えぬ体をよそおう。小次郎は怒り、刀を抜いて鞘《さや》を海中に投じて水際に進むと、武蔵の口をついて、例の「惜しや小次郎、早や敗れたり。」の白《せりふ》が出る。それからの勝負は「虎切り」の条《くだ》りで述べた通りで、小次郎は先《ま》ず武蔵の鉢巻の結目を切って落し、かえす刃《やいば》で、伏し乍《なが》ら武蔵の袷の膝《ひざ》あたりを三寸ばかり切り払った。同時に武蔵の大太刀は小次郎の脇腹の骨を打折った。小次郎は口鼻から血を吹いて気絶して息が絶えた。繰返すが小次郎は七十歳前後、武蔵は二十九歳の元気旺《ざか》りである。

二

ところで、佐々木小次郎に勝った武蔵の武名は大いに揚って、後ち、この勝利により武蔵は細川家の兵法指南となったが、それ程、武蔵の名を高からしめるにふさわしかった小次郎の前歴が、富田勢源の門人ということ以外に殆《ほと》んど知られていないのである。細川家に小次郎の仕えたのをかりに六十歳としても、ほぼ十年間は細川家にいたわけになる。何らかの、その間の挿話《そうわ》や、武芸談が伝わってもよい筈《はず》だのに、それが無い。とすると小次郎は殆んど、人の噂《うわさ》にのぼるような仕合はしなかった故と見なければならぬ。武辺立てや剣技に一生を託する戦国末期の兵法者として、これは稀有《けう》にちかく、小次郎の器量が余程良く出来ていた証拠である。云うなら、佐々木小次郎は一般に考えられているような派手な人物ではなくて、実質は素朴《そぼく》な、且つ誠実な男だった。他流仕合を禁じた中条流の流れをまもった人なのである。

鞘を捨てた一件にしても、武蔵は早速アゲアシを取っているが、普通に考えて、物干ざおの如《ごと》き長いものを帯していたのでは身の動きに不便でもあろうから、大切の仕合に臨んで鞘を捨てるのが当然で、そういう物を思慮なく身につけて仕合をする方がおかしい。捨てるなら海へ捨てる。砂浜だと鞘口から砂利が入り、のちに刀身をいためるからである。又、足許《あしもと》に長いものが転っていてはお互いの技に支障をきたさぬとも限らないし、第一、敵に無惨《むざん》に踏まれる惧《おそ》れがある。

これらの点を考えると、小賢《こざか》しく揚足など取った武蔵は、如何《いか》にも血気盛りの青年兵法者で、却《かえ》って人物の上で小次郎に一ちゅうを輸している。然《しか》もその武蔵が勝って小次郎は負けた。別に不思議はなく、小賢しく立廻《たちまわ》る者が誠実の人を措《お》いて出世をするのは、現今我々の周囲にもよく見かけることだ。人生で誠実者の無惨に敗北するそういう仕組や比率は、いつの世にもさして変りないわけである。

ただ、生き方の上でなら敗者にも一応の理《ことわり》や同情がゆるされようが、勝負の世界には絶対にそれがない。負けた者は悪いし、勝った者は常に正しい。これは重要な事なので云っておくのだが、一体、兵法者が負けるを覚悟で仕合に臨むことは断じてない。

藩士なら「忠義のため」に或いはそうする場合もあるかも知れないが、剣術者には、ない。同様に勝つと分って仕合にのぞむことも、ない。彼が真の兵法者なら、彼らは勝つとも負けるとも予測しがたい或る不可知なものを相互の剣理に感じとった時、はじめて、その不可知に生命をかけて仕合をするのである。未知へのこの貪婪《どんらん》ないのちがけの探求心が、他者の目に、まことしやかな様々の理由づけで受取られるのは、受取る方の勝手なのである。まして勝利が齎《もたら》すであろう名声や利益を以て、仕合そのものの動機と見るのは大へん次元の低い精神の操作に属する。仕合する彼ら自身は、仕合そのものに対しては愕《おどろ》くほど用意周到で、計算高くて、時に狡猾《こうかつ》だが、あくまでそれは勝たんがためであり、勝利の利益のためではない。そういう利益に対しては寧《むし》ろ愕くほど彼らは無欲で、恬淡《てんたん》としている。不可知の一瞬を生命がけで生きとおった精神の喜悦にくらべれば、世俗の名声のよろこびなどは、精神の喜悦の消えゆく時に初めて必要となる性質のものだろう。

武蔵はだから九州一円に聞えた佐々木小次郎に打勝って、直ちに船に帰り、自ら棹《さお》して急ぎ舟島を去った。渠《かれ》が細川家に客分として大組頭格で遇されたのは、寛永十七年——舟島での仕合より既に二十数年を経た後のことである。一方小次郎は、むろん敗《ま》けると承知で舟島に臨んだとは考えられない。七十歳の老剣術者の胸中にも何らかの精神の昂揚《こうよう》と不可知への追求があったと見なければならない。はじめに書いたように、中村守和の聞き書を除いては仕合前の小次郎の心懐をうかがう資料は皆無なので、この点、想像にたよる他はないが、多分、小次郎の昂揚の中には、「虎切り」の太刀へのこころみがひそんでいたのではなかろうか。

天保《てんぽう》年間に版行された、岡山藩士で兵法師範役の家に生れた確斎 源《みなもと》 徳修の武芸書に依《よ》ると、「虎切り」に就いてこう書かれている。

一、岸流（一に佐々木岸流と云）

岸流は宮本武蔵と仕合ひせる岸流が流也《なり》、岸流流と云べきを略して呼びならはせるなるべし、今以て西国に此《この》流多し、諸国にも往々其《その》名を聞けり、此流に一心一刀「虎切り」と云ふ事有り、是は大太刀を真向におがみ打ちする様に構て、つかつかと進み、敵の鼻先を目付にして矢庭に平地まで打込む也、打なりにかがみ居て、上より打処をかつぎ上げて勝つ也、因州鳥取に小谷新《しん》右衛《え》門《もん》といふ者も此流の師たり、云々《うんぬん》。

右によれば舟島で小次郎が武蔵の裾《すそ》を払ったのは紛れもない「虎切り」の太刀であ

る。（俗間に有名な「燕返《つばめがえ》し」なる太刀すじは、似たものが各家の奥伝《おうでん》に見られるが、信頼すべき兵法書で、特に小次郎独自の燕返しの太刀を振ったと誌《しる》されたものはない。）「虎切り」が燕返しの別称かどうかも明らかでないが、柳生《やぎゅう》新陰の目録書に「つばめの逆羽にかえして、襲いくる猛鳥をやりすごす如く頓《とみ》にかるく早く巡《まわ》る太刀を燕廻という」とあり、心形刀流の目録では虎が尻尾《しっぽ》を以て己が背を叩《たた》くように、身を反す勢いで敵を打つのを虎尾の太刀と称しているから、剣理の上で「虎切り」と燕返しは似たようなものであろう歟《か》。

何にしても、小次郎はこの虎切りの太刀を使って武蔵に敗れた。七十歳の老齢の所為《せ》という弁明は成り立たないし、口碑の上では、小次郎は慢心の男と見做《みな》され、非常の妖剣《ようけん》使いにされ、武蔵を引立てるに相応《ふさわ》しい年齢に引戻され、遂には倨傲《きょごう》の人物に仕立てられる。敗者の運命である。

併し、小次郎にも颯爽《さっそう》として武蔵と同じく勝利を摑《つか》んだ時期があった。初めて「虎切り」を会得《えとく》した頃《ころ》で、恰度、諸国修業の途次に大和の柳生の庄《しょう》に遊んだ頃のはなしである。

三

或るうららかな春の一日、奈良嫩草山《わかくさやま》の麓《ふもと》から東里を越えて、忍辱山《にんにく》の峠道へかかる旅姿の武士があった。忍辱山を越せば道は一すじに大柳生の里に入る。峠に茶店とてもないが、くだんの武士は春霞《かす》む山里の村落をはるかに見下して、道のかたえに憩《やす》み、汗を拭《ぬぐ》った。三十歳前の逞《たくま》しい筋骨が、陽《ひ》に焼けて色褪《いろあ》せた袴や小袖の上からもうかがえる。武士は、屈託のない顔で、鷽《うそ》の琴を掻き鳴らすに似た啼声《なきごえ》を聞き入ったり、棠梨《やまなし》の花を眺《なが》め上げたりする。空を仰ぐと、木洩《こ》れ陽が青く顔に染まるが、屈託ない容子に見えて表情に一抹《いちまつ》の憂《うれ》いの翳《かげ》るのは、青葉の所為ばかりではなさそうである。

武士は充分の休息をとって、やおら腰をあげた。

その時、一歩一歩を踏み緊《し》めるように、落着いた足どりで武士の後ろへ同じく峠を登って来た今一人の牢人《ろうにん》があった。

前《さき》の武士は振向いて、何故《なぜ》か眼《め》を鋭くしたが、直《す》ぐ歩き出す。あとの牢人は、これは休まずに歩みつづける。両人の間には一定の間隔を保って下り坂の歩行がつづいた。後から来たのが小次郎であった。

暫《しばら》くは何事もなかった。

恰度、道が勾配《こうばい》をとって急に曲る処《ところ》に来たとき、小次郎の歩みがふっと緩んで、立《たち》停《ど》まった。前の武士が岩角を曲った途端に急遽《きゅうきょ》駈け出す足音を聞いたからである。

人情の自然で、角を曲った先きに何事があるかと、後の者の気が誘われる。普通なら、だから思わず足が早くなる。流石《さすが》に小次郎は誑《たぶら》かされずに歩み停った。前の武士は変身の音を使ったのである。忍び者がこの術を心得ている。跫音《あしおと》と見せかけたのは石を蹴《け》ったのである。

「早まるでない。わしは斬《き》れんぞ。」小次郎はじっと立停って、岩影の向うへ声をかけた。それから暫くして、岩を曲った。

武士は以前と同じ距離を置いて、歩き出している。

小次郎の歩度も従前とかわらない。あたりに人影はない。

「お主は誰じゃ。」

しばらく行って、前の武士が歩き乍ら声をかけて来た。小次郎の方へは見向かぬ儘《まま》である。

「姓を聞いて何とするぞい。」

小次郎は軽やかな相手の歩行に目をそらさない。

「お主をわしは、柳生の者かと思うたのじゃ。どうやら、当て違いじゃ。お主は他国者じゃな。」

「わしは越前《えちぜん》宇坂の庄で、佐々木小次郎というわい。柳生の者に、何ぞ恨みでもあってか？」

「ある。わしが父上は女首の恥をさらされ、切腹なされた。これは詮方《せんかた》ない。然し、柳生の仕打ちもあんまりじゃと思うたから、わしは修業をしてきたのじゃ。――かならず、打勝ってみせる。」

前の武士はそう言って、つと立停って小次郎を振り向いた。青い顔色は、矢張り葉洩れの陽の所為ばかりではなさそうである。

戦場では敵の首《しるし》を上げても持ち歩くわけにゆかぬので、鼻を削《そ》いで鎧《よろい》の胸板へ入れて持つのを正法とする。これには一定の方式があって眉間から上唇《うわくちびる》へ削りさげるが、その法を知らず濫《みだり》に削り取ったのを女首と称するのである。

身分賤《いや》しい足軽などが、怪我《けが》の功名で折々この恥をさらすというから、武士の父も戦場の物笑いとなって自殺したものであろう。且《か》つ死の直前に一きわ柳生家の者の面《めん》罵《ば》を受けたに違いない。

武士は更に己が姓名を中川新兵衛と名乗ったが、小次郎は相手が立停ると、己れも停って用心深く近寄らなかった。足軽の子で中川と名乗るのは、多分近在の中ノ川の出身だからであろうが、どういう修業をして来たにせよ、忍び者では迂闊《うかつ》に近寄れないのだ。

武士は瞭《あき》らかに失望したらしかった。新兵衛と名乗る渠にも、小次郎の容姿を見れば、その凡《およ》その身分は判然する。謂《い》わば似た境涯《きょうがい》の親しみを示そうとしたのである。「お主も兵法者なら、」武士は白眼で冷やかに小次郎を見据《みす》えて、言った。「わしが柳生に挑《いど》んで斃《たお》れたあかつきは、野辺の花なと供えてくれいや。わしも、何処《どこ》ぞでお主の消息聞いたら、きっと回向《えこう》をしてやるわい。」そう言い捨ててパッと身を翻《ひるが》えして、一気に坂を駈け下った。

四

武士が斬られたのはこの翌日である。柳生の二男、源二郎典厳に仕合を挑んで、一太刀で斃れた。死骸《しがい》は野辺に捨てられ、首は鼻を削いで落首を附して街道すじの枯木に吊下《つりさ》げられたのである。全《すべ》て源二郎の処置である。

そもそも柳生家は、往古は春日《かすが》神社の神職を務めた藤原氏の一族で源平の比菅原《ころすがわら》姓に改め、宗厳《むねよし》の時代に筒井順昭につき、松永久秀《ひさひで》に属し、織田《おだ》信長に招かれて将軍義《よし》昭《あき》に仕え、大友宗麟《そうりん》にも属して金子で二千石を領した。その間隠し田のことで両三度領地を失っていたのを、徳川家康《いえやす》に招かれて鷹《たか》ケ峰《みね》の仮屋に到《いた》って、兵法師範として旧領に復するのは後年の話である。慶長五年、石田三成が旗上げに先立って家康を刺そうとした時に、兵法の奥儀を得るためと称して家康が宗厳を伏見城に招き、七日間引籠《ひきこも》って難を遁《のが》れたという話も遺《のこ》っている。

宗厳のこの武芸は、はじめ新当流の神取新十郎に学んだ。そうして畿内《きない》一二の達人であったが、のち上泉信綱《こういずみ》に就いて新陰流を修めた事は周《あまね》く知られている。宗厳には五人の男子があった。いずれも武芸に秀《ひい》でたが、中で最も卓抜だったのが源二郎典厳なのである。

長男の新次郎厳勝《としかつ》は、有名な尾張《おわり》の柳生兵庫《ひょうご》の父である。新次郎もよく使ったが、十六歳の初陣《ういじん》に鉄砲で腰を撃たれて不具となった。二男が源二郎で、四男の五郎右衛門も伯耆《ほうき》の飯山《いいやま》城に客となっていた時、城主を援《たす》けて中村伯耆守の多勢を引受け、大いに武名を轟《とどろ》かしたが慶長八年城陥るに及んで城中より打って出、新陰流の古勢「逆風の太刀」を以て甲冑《かっちゅう》武者十八人を斬り伏せて戦死をした。五男の又右衛門（例の但馬守宗矩《まのかみむねのり》）は小次郎が柳生に来たこの頃はまだ生れていない。

さて源二郎典厳は、はじめ父に倣《なら》って新当流を修めたが、宗厳が新陰流に代っても渠は新当流をまもって譲らなかった。「兵法は敵を倒せばよろしく、流派は武略の如何《いかん》に関《かか》わりますまいぞ。」というのが父への抗言であったという。事実腕もズバ抜けて出来たのである。それで宗厳も親の情と技倆《ぎりょう》にひかれて源二郎の粗暴の振舞いをはじめは宥《ゆる》した。併《しか》し、遂《つい》に堪えきれず剃髪《ていはつ》させて桑門《そうもん》に入れ、名を義仙《ぎせん》と改めた。寺は柳生の法勝寺であった。

だが義仙の奔放は歇《や》まない。折を見ては寺を抜け出し、生家の道場へ遣《や》って来る。故意に法衣を纏《まと》っている。義仙は身長六尺余の偉軀《いく》だから、どう見ても破戒僧か荒法師である。偶々《たまたま》道場で他流仕合を希《のぞ》む者と出会《でくわ》すと、自ら相手をかって出て、豪力を以て打ちすえる。その仕合ぶりは、相手と抜合うや、するするとしかけ、

「おいとしほや。」

というより早く眉間《みけん》を打つ。この「おいとしほや」の懸声が義仙のくせだったそうである。打つ力がつよいから相手はのけ反って気を失うのが殆《ほと》んどであった。

こういう義仙が中川新兵衛を斃したのである。

五

小次郎は、当初は法衣を纏う相手と仕合をするつもりはなかったろう。師の勢源の

小太刀に受太刀を命ぜられ、云《い》わば師の偏執の犠牲となって物干ざおの奇剣を使う事にも甘んじたほどの、小次郎の実直な気質では、素朴単純に仏道への崇拝心を懐《いだ》いていたろうから、或《あ》る意味ではこの頃の小次郎を無類の達人だったともまた云いえない。小次郎を、一世を風靡《ふうび》する名手に仕上げたのは、だから勢源を除いては他ならぬ柳生義仙だったという見方は正しい。何故なら、源二郎典厳義仙は小次郎に剣の道――即《すなわ》ち覇《は》道《どう》の何たるかを教え、併せては「虎切り」の太刀の機縁を与えた当人なのである。

――恰度《ちょうど》、小次郎が街道の吊し首の前で、「むごい仕打ちをするものじゃ。柳生兵法の正体は、これかい。」

と呟《つぶや》いていると、傍《かたわ》らに風貌魁偉《ふうぼうかいい》の僧が来て立った。

「何じゃ、お主も武芸を心得ておるか。それならわしが引導を渡してやろう。死ねば仏じゃナ。なまなかに兵法者面《づら》をいたしておるより、まっとましじゃろ。」

と言う。

小次郎は驚いて顔を見直した。僧は更にこう云った。己れの真の姿を知らぬ者ほど世に見苦しいものはない。とりわけ兵法などを使う者がそうである。己れの拙《つたな》さを知らず、愚かな仕合など挑んで人を傷つけ、人を泣かす。そういう奴《やつ》は容赦なく武芸を諦《あきら》めさせるに限る。なま兵法を生かしておくより、いっそ成仏《じょうぶつ》させた方が世も無事であり人も治ろう。わしはそれで仮借なく打据える。片端にしても悟りきらぬ奴は斬る。わしのこの武芸が邪道なら、そんなわしに斬られる手合の兵法はよくよく愚かに出来ておる、所詮物の用にも立つまい、と云い、

「仏の御慈悲は無辺際じゃ。わしも赦《ゆる》される、わしに斬られる者もゆるされる。のう、剣に仁などありはせんぞ。」

そう言って、カラカラと打笑って立去って行く。

小次郎は呆《あき》れ顔で見送ったが、その目を吊し首に戻し、再び義仙の背姿を眺め遣《や》って、次第に青ざめた。義仙の言は兎《と》も角その背姿には、微塵《みじん》の隙《すき》もなかったのである。たしかに僧が邪道に堕《お》ちているなら、何故、邪道がしかく強いか？

六

佐々木小次郎が法勝寺に義仙を訪ねて、己が疑問を糺《ただ》しはじめたのは『柳生剣談落穂集』によれば天正《てんしょう》八年庚辰歳《こうしんのとし》五月で、時に小次郎は三十七、義仙は二十七歳である。「小次郎言をつくして問うといえども義仙禅機に遁れて応えず、遂《つい》に問答十有数日をついやして仕合に及ぶ」とあるから、小次郎が太刀の上で正邪の謎《なぞ》を解こうとし

たのは、もう盛夏に入ってからであろう。仕合は小次郎が真剣で、義仙は木刀を把《と》り、場所は柳生の道場だった。

尤《もっと》もこの仕合をはじめる前に、両三度小次郎は道場に赴いて義仙の仕合ぶりを目撃したが、中に宝蔵院胤栄《いんえい》の添書を携え来た者で、神道《しんとう》流の米田《こめだ》某という者との仕合があった。宝蔵院胤栄と宗厳は偕《とも》に上泉信綱から教えを受けた昵懇《じっこん》の間柄《あいだがら》で、従って胤栄の紹介する程の米田は腕も充分に立ったらしい。

併《しか》し義仙の「おいとしほや」を蒙《こうむ》ることにかわりなく、米田は体をひらいて二の太刀を仕懸けたが眉間《みけん》をかすった義仙の返す太刀に股《また》から下腹部を搏《う》たれて喪心した。柳生流燕廻しを義仙は使ったのである。

小次郎は、つぶさにこの仕合を見て、二日あまり考えた。それから仕合を申込んだと『落穂集』は云っている。

仕合の当日、小次郎は道場に臨んで正坐《せいざ》し、義仙の前で悠々《ゆうゆう》と物干ざおを抜き放った。この時小次郎は坐《すわ》った位置から、太刀と鞘《さや》でそれとなく天井までの高さを測って居った。常の太刀とは違う、どんなことで振りかぶった切先が天井に閊《つか》えぬとも限らぬからである。義仙は眼を光らして、微笑を含んでその様子を眺めた。

道場正面には長兄新次郎厳勝が着座したとも云い、着かぬともいう。宗厳はいなかった。

両人は互いに一礼をして相対した。見ていた柳生の家人は、「おいとしほや」が今出るか、今出るかと待っている。

しかし義仙はらんらんと眼を瞋《いか》らし、その儘動かなかった。次第に青ざめた。小次郎の面にも血の気はひき、眉《まゆ》に汗が溜《たま》って、滴《したた》り落ちた。

武者窓から夏の陽差しが白炎のように射込んでいる。義仙の袗《すずし》の衣の襟《えり》がひらいて胸毛が見え、胸は息を詰めたような呼吸《いき》づかいを見せる。その口辺は併し皮肉な笑みを消さなかった。笑みのある限り、「おいとしほや」がいつかは衝《つ》いて出るのである。

義仙は浮舟に構え小次郎は青眼である。

やがて、小次郎の面上に蔽《おお》い難い絶望の色があらわれた。遂に小次郎の復讐《ふくしゅう》される時が来たのである。自分の誠実さが剣の上で復讐されたのである。小次郎は十七歳の秋まで師の小太刀を相手に修業した。師の勢源の小太刀を試みるため次第に小次郎の太刀は長くなった。何処までも師のお役にたてばと小次郎の醇朴《じゅんぼく》さは考え、ぶざまな物干ざおを背にする己が姿にも我慢をしたが、今、義仙と対して己れが我慢をしてきたものは実は何であったかを知らされたのである。

即《すなわ》ち、太刀の長さは一般に技倆《ぎりょう》を補う。互角の勝負なら、長い太刀を使う者の切尖《きっさき》が、より早く相手に届く道理である。勢源はそれ故《ゆえ》上達すればする程、小次郎の受太刀を長くして試す必要があった。併し、もし勢源と互角の者があって、小太刀でない並の太刀を使えば、必ず小次郎は負けるわけだ。即ち今、抜き合った義仙がそうなのである。少なくとも小次郎にはそう見えたのである。

　富田勢源がよも自分以上の者は天下に二人とないとは考えなかったろう。従って、己れと同等の者と小次郎が仕合をする時、必ず小次郎の負ける事も了知していたに違いない。知っていて弟子をためしに使ったのである。何という非情であるか、師の勢源はわしのいのちを嬲《なぶ》っておられたも同然じゃ。そう考えて、小次郎は絶望し、憤った。

　この心理の推移は、むろん一瞬の閃《ひら》めきだったろうが、義仙がそんな動揺を見のがす筈《はず》がなかった。

　するすると義仙の方から仕懸けた。義仙の口が皓《しろ》い歯をのぞかした。瞬間に、小次郎は身をなげつける如《ごと》くに躍り込んだ。悲憤の泪《なみだ》に目が光っておった。白刃《しらは》と枇杷《びわ》の木刀は同時に打ち下された。道場で見る者は斉《ひと》しく「あっ」と叫んだ。

　小次郎は左袈裟《けさ》から血を吹く義仙へ二の太刀を振上げていた。然《しか》るに義仙は、皮一枚残った、ブラブラの右腕を振りあげ、

「おのれ。」

と絶叫して、悪鬼の形相で小次郎の面体《めんてい》めがけ木刀を叩《たた》きつけたという。小次郎が身をしずめ払い上げた太刀の切尖は、義仙の顎《あご》から、鼻すじへすーっと抜けた。巻きあがった義仙の舌の先きがパッと二つに割れ、

「おいとしほや……」

呻《うめ》いたその声が「ぼびどじおや」と濁って二つに聞えたともいう。義仙の体は大木の如く道場の踏板に倒れたのである。

小次郎の方は「お師匠さま」と一声して、勢源に勝る武芸者のないことを知り、しずかに其《そ》の場で哭《な》いた。その背後へ抜討ちに斬りつけた門人は、水平に一閃《いっせん》した物干竿《ざお》に足を払われ、腰から下を其処《そこ》に残して、小次郎の背に負いかぶさる如くドウと倒れた。

柳生新陰流　柳生石舟斎

『刀』

綱淵謙錠

綱淵謙錠（1924〜1996）

本作は、昭和六十二年に「別冊歴史読本」に「無刀取りへの道　柳生石舟斎」として発表された。翌六十三年刊行の短編集『剣』（中央公論社刊）に収録されるにあたり「刀」と改題された。本書収録にあたっては、平成七年に中公文庫より刊行された文庫版『剣』を底本とした。現在オンデマンド版が中央公論新社より刊行中。

一

『増補大改訂・武芸流派大事典』（綿谷雪《わたたにきよし》・山田忠史編、昭和53・12、東京コピイ出版部）の記載によれば、新陰流剣祖・上泉伊勢守秀綱の〈上泉〉は、秀綱の長男秀胤の裔孫（名古屋）はコウズミ、二男憲元（泰綱）の後裔（米沢）はカミイズミと訓《よ》んでいる、とある。つまり、どちらで訓んでも間違いではない、というわけだ。ただし、同書の索引では〈カ〉の項に入れ、〈コ〉の項には入っていないところをみると、編纂者自身はカミイズミと訓んでいるようである。

上泉秀綱が奈良興福寺塔頭《たっちゅう》の宝蔵院に院主《いんじゅ》の覚禅房胤栄《いんえい》を訪ねたのは、永禄六年（一五六三）の夏六月であった。門弟で甥《おい》にあたる疋田《ひきた》豊五郎《ぶんごろう》（母が秀綱の姉）や神後宗《じんごむね》治《はる》、鈴木意伯《いはく》らが付き随い、主従十六名の一行である。

秀綱が宝蔵院を目指したのは、伊勢の国司《こくし》北畠具教《とものり》のすすめによる。

具教は南北朝並立のころ、『神皇正統記』を著わして南朝の正統性を主張した北畠親房《ちかふさ》の後裔で、五畿内有数の名門の当主。しかも、塚原卜伝高幹《たかもと》から新当流秘太刀〈一の太刀《ひとつ》〉を伝授された一流の兵法者《ひょうほうしゃ》である。

　この年二月、上州箕輪の落城を機に廻国修行の途にのぼった秀綱の一行は、京都への道すがら、伊勢の国一志郡《いっしごおり》多芸谷《たきだに》に具教を訪れ、そこで具教から大和柳生の庄に住む柳生新左衛門宗厳《むねとし》と南都興福寺宝蔵院の覚禅房法印胤栄の名を知らされたのである。

　具教によれば、柳生宗厳は新当流の奥義をきわめ、刀槍の術では畿内随一の使い手であり、宝蔵院胤栄もまたそれに劣らぬ槍術の逸材だという。しかも二人は盟友の間柄で、互いに刀槍の練磨・研鑽に協力しあっている、もしお立ち寄りの意がありなら、喜んで添え状を書きましょう、とのことであった。秀綱に「否や」の返事のあるはずもない。さっそく具教の添え状をもらい、しばしの宿りを恵まれた多芸谷の館《やかた》を出発したのであった。

　伊勢路のうちは日増しに陽射しが強くなり、暑熱は夏の盛りを思わせたが、道が大和へ抜ける山路にさしかかると、山から谷、谷から山への道の両側は鬱蒼たる杉の木立ちが続き、それまでの暑熱を忘れさせた。

　やがて大和の国なかに入ると、蝉の声までがもの柔らかに思われ、沿道の青田のみどりも一行の眼を楽しませて、馬上の秀綱はしらずに「大和は国のまほろば」と、何度か口の中でつぶやいていた。それは秀綱の心のはずみででもあったろう。

宝蔵院にはすでに北畠家から連絡があったらしく、玄関で取次ぎの者に来意を告げると、奥から胤栄をはじめ、重立った門弟たちが足早に出て来て、秀綱の一行を出迎えた。その来着を待ちこがれていたらしいどよめきが秀綱を喜ばせた。「こんなところで略儀ながら」と、胤栄は式台で簡単に自己紹介をし、続いて傍に並んで立っている人物を「柳生宗厳どのでござる」と引き合わせた。そのことばに応じて会釈した宗厳の無駄のない挙措に、秀綱は「これはこれは」と、心からの喜びをあらわして返礼した。宗厳には、ひとまず宝蔵院に旅装を解いたのち、いずれあらためて都合をきいてから柳生の庄を訪れるつもりでいたのであるから、宗厳がここに出迎えてくれたことは意想外のことであった。そのことがまた胤栄の歓待ぶりを示すものとして、秀綱にはひとしお嬉しく身に沁みた。

秀綱のこのたびの廻国修行には一つの目的があった。

今村嘉雄氏著『柳生一族―新陰流の系譜』（昭和46・1、新人物往来社）によると、――秀綱の先祖は代々上州勢田郡大胡《おおご》の城主であったが、父憲綱の代になって、天文《てんぶん》二十四年（一五五五、弘治元年）一月、北条氏康のために落城の憂目をみた。城を失った秀綱は、その後、上杉謙信に所属して箕輪城主長野信濃守の麾下となり、たびたびの戦闘に殊功を立て、〈長野十六人槍〉の一人に数えられるに到った。とくに信濃守と安中城主安中左近との戦いでは、左近に一番槍をつける手柄を立て、信濃守から〈上野国《こうずけのくに》一本槍〉の感状を受けたこともある。

永禄四年（一五六一）、信濃守が病死し、嫡子右京進業盛《うきょうのしんなりもり》（十七歳）が城主となったが、永禄六年（一五六三）正月、武田信玄の兵二万余に城をかこまれ、二月二十八日、箕輪城落城。城を落ちのびた秀綱は、ひとまず桐生城主桐生大炊助直綱《おおいのすけなおつな》をたよったが、ふたたび箕輪にかえり、城代内藤修理のもとに入って武田氏に所属した。一説には、箕輪落城とともに信濃守の家臣二百騎が武田軍に編入され、その中に秀綱もいたともいう。

信玄は秀綱の非凡を惜み、武田家への仕官を求めたが、秀綱は愛洲移香《あいすいこう》伝の陰流に神道《しんとう》（新当）流をあわせて工夫考案した新陰流の研究と弘流《くりゅう》のため、信玄への出仕を辞退し、数人の門弟（『武芸小伝』では神後伊豆、疋田文五郎等とあり、『柳生家文書』では疋田豊五郎と鈴木意伯とある）とともに諸国遍歴の旅に出た。

——そして、その途次、伊勢に北畠具教をたずね、いま奈良に宝蔵院をおとずれたのである。

秀綱が諸国遍歴の旅を思い立った理由には、箕輪落城と武田信玄の出仕要請という外的な動機があったことは確かだが、もう一つ、決定的な動機ともいうべきは、秀綱自身の心に生じた〈矛盾〉の解決を求めてであった。

秀綱にしてみれば、たびたびの合戦における戦場体験から、一人の剣技がいかに卓抜したものであれ、集団闘争の中ではおのずと限界があり、局部的な勝利は収めても大勢としては敗北の苦《にが》みを味わわねばならぬこともあることが残念であった。すでに戦闘は一騎打ちの時代を過ぎているのだ。それに鉄砲という新たな武器の導入が従来の戦闘形式を大きく変化させつつあった。現在の秀綱は、一流一派の兵法者として、一方では剣技の精妙さをきわめようという当然の意欲に命を賭けてはいるものの、他方ではその奥義に入れば入るほど「剣とは何ぞや」という根本的な疑問が湧いてくるのであった。

しょせん、剣とは殺人の技術ではないのか。たとえ自衛のためとはいえ、剣の奥義をきわめるとは、殺人の技術の高度化と、殺人の数量の増大化をめざす以外の何ものでもあるまい。とすれば、武術とは〈人間が人間を殺す〉という、殺戮の宿業から永遠に脱却できないのか。

思いがそこに到れば、人を殺さぬ剣というものが果して存在するのか、という疑問にぶつからざるをえまい。それを剣には〈殺人刀〉と〈活人剣〉とがあると釈明してみても、刀剣が人を殺す武器であるかぎり、〈活人剣〉などというのは、とどのつまりはことばの矛盾でしかあるまい。そして、その矛盾をどうしても克服しようとするからには、結局、刀剣を捨てるしかないであろう。

　剣に生きる兵法者が剣を捨て、しかも兵法者でありうるか。それが秀綱の直面した問題であった。

　それはおそらく、長い戦乱の時代を経過して、〈天下統一〉という平和への意欲が次第に武将たちのあいだに芽生えつつあったことと軌を一にするものであったろう。戦国の世で求められた刀剣技術の高度化が、単なる技術の段階から、もっと高次な、思想的・哲学的段階に入ったということである。後世の人間が秀綱を目して〈剣聖〉と称するゆえんは、かれがその先駆的立場にいたからである。今日風にいうならば、刀剣と平和との同時的存在を可能ならしめる哲学の発見、といってよいであろう。そして秀綱はその哲学の窮極を〈無刀〉ということばで表現した。

　兵法者であるかぎり、一方ではとことんまで剣に執着する。それは兵法者の宿命である。同時に、他方において、その剣を完成させるためには、剣を放下《ほうげ》しなければならない。そして、すべての人間が〈無刀〉の状態になったとき、天下は〈平和〉という形で統一されるであろうし、そのときはじめて兵法者は〈無刀〉の体現者・実践者として、新たな意味をもつであろう。

おそらくそれが秀綱の目指したものであったと思われる。しかし、人間がそう簡単に〈無刀〉の状態になりうるものではない。たとえ自分は刀を放下したとしても、相手が刀に執着する者で、刀を持って戦いを挑んできたならどうするか。当然、こちらは刀を持たずにこれを抑えこまねばならない。したがって、〈無刀〉への最初の実践段階は、無刀にして相手の刀を取り上げて、相手を無刀状態に抑えこむことであり、それが新たな兵法者の道でなければならない。そしてそれを秀綱は〈無刀取り〉と呼んだ。

秀綱が〈武者修行〉という名の諸国遍歴の旅に出たのは、天下の優れた兵法者を歴訪して剣の精妙をきわめたいという、剣に執着する立場をタテマエとしていたが、心ひそかなホンネとしては、みずから剣を放下した〈無刀取り〉の完成か、ないしはその完成を託しうる人材の発見を期待していた。

北畠具教を訪れたのもそのためである。しかし、秀綱は具教には〈無刀取り〉については一言も触れなかった。具教には新陰流の秘太刀は伝ええても、〈無刀〉への道とは無縁な人間に思われたからである。

秀綱は次第に、〈無刀取り〉を完成しうる人間というのは剣の精妙さに敏感なだけの人間とは別な何かをもっている人間らしい、と思いはじめるようなっていた。具教に会ったとき、秀綱はそれを直感した。秀綱はその具教の口から出た柳生宗厳と宝蔵院胤栄の名を喜んだのは、その二人に会うことでどんな道が開けるか、という期待からであった。

そしてその宝蔵院を訪れた日、ただちに秀綱と宗厳の立会いが実現した。

二

ここでちょっと注を入れさせていただく。〈宗厳〉の訓み方についてである。

現在、わたくしはこれを〈むねとし〉と訓んでこの稿を書き進めているが、それは前掲の今村嘉雄氏著『柳生一族』に拠ったものである。もちろん、わたくしがここでわざわざ注を入れたのは、それが一般には〈むねよし〉と訓まれていることを知っているからである。現に、本稿冒頭に掲げた『武芸流派大事典』でも〈むねよし〉と訓んでいる。

そこで今回、わたくしは本誌（「別冊歴史読本」）編集部を通じて今村嘉雄氏にこの疑問について御教示いただいた。それによると、尾張柳生家では、〈厳〉を〈とし〉と訓み、江戸柳生家では〈よし〉と訓み慣わしている由で、尾張柳生の立場で〈宗厳〉

を訓んだり書いたりするときは〈むねとし〉、江戸柳生の立場からのばあいは〈むねよし〉と使いわけしておられる、とのことであった。なかなか微妙、かつ複雑である。そうとすれば、江戸柳生三代目の柳生十兵衛三厳は当然〈みつよし〉と訓まねばならない。

そこでわたくしは試みに両柳生家の系図を眺めてみた。すると、江戸柳生家は初代宗厳にはじまって、二代宗矩《むねのり》（宗厳五男）、三代三厳、四代宗冬《むねふゆ》、五代宗在《むねあり》と、十兵衛三厳以外は〈宗厳〉の〈宗〉を偏諱《へんき》として継いでいる。これに対して、尾張柳生家は初代が宗厳の長男厳勝《としかつ》であり、二代利厳《としとし》、三代利方《としかた》、四代厳包《としかね》（連也斎）と、三代以外は偏諱〈厳〉を用い、その後、当主はすべて〈厳〉を受け継いでいる。ところが、江戸柳生家のほうは、なぜか六代俊方《としかた》以降になると、ずうっと〈俊〉を偏諱としていることが知られる。

以上のことを総合して、わたくしは便宜上、十兵衛三厳《みつよし》以外は、宗厳をはじめ、柳生家の厳という偏諱は〈とし〉と訓むことにさせていただいた、という次第である。閑話休題《かんわきゅうだい》。――

今村嘉雄氏によると、上泉秀綱が宝蔵院を訪れた永禄六年は、秀綱は大略五十六歳、宗厳三十五歳、胤栄四十三歳で、ともに兵法家としてもっとも技能の成熟した年齢であったという。しかし、この宝蔵院における秀綱と宗厳の立会いについては、当然のことながら、詳しい内容は伝わっていない。

現存する柳生家歴代の記録である『玉栄拾遺』（柳生家重臣萩原斎宮《いっき》信之《のぶゆき》筆）では、秀綱が宗厳に面謁し、刀術を試み、宗厳が秀綱の術を〈羨望ノ余《あまり》、憤激シテ秀綱ヲ師トシ、修行三歳、奥旨《おうし》残ス所ナシ〉と書いてあるだけである。

流祖がみじめな敗北を喫した部分を詳細に報告するのは、当然憚られるところであったろう。

一説によれば、最初に秀綱と宗厳が立ち会い、互いに青眼に構えたが、たちまち宗厳の木刀が打ち落されていた。あまりのあっけなさに宗厳が再度の立ち会いを申し入れると、「それでは」と、今度は門弟の疋田豊五郎と立ち会わされた。そして結果は、秀綱と立ち会ったときと同じであった。宗厳は自分の完敗を意識する前に、唖然たる思いで道場の真ン中に立ち尽していた、という。

あるいはまた、『史料柳生新陰流』下巻（今村嘉雄氏編、昭和42・6、人物往来社）所収の「柳生新陰流縁起」には、最初に立ち会ったのは鈴木意伯だった、とある。——

〈直《ただち》ニ伊勢守と仕相《しあい》仕《つかまつり》度《たし》と石舟斎（宗厳）望申候得《のぞみもうしそうらえ》ば、弟子之意伯と致し《て》、意伯負申候《まけもうしそうらえ》ば伊勢守出可レ申《いでもうすべし》との事ニ而、意伯と石舟斎三度《みたび》仕相《しあい》を致し候。三度ながら

片打《かたうち》ニ石舟斎負申《まけもうし》候。余《あまり》ニ不審を立《たて》、両方之品柄《しなえ》（竹刀）をくらべ見申候得ば、結句石舟斎が品柄《しなえ》弐寸之余も長御座《ながくござ》候よし〉

そこで宗厳は大いに驚き、その場で秀綱に入門を申し出て、秀綱がそれを受け入れた、というのである。

いずれにしても、宗厳は宝蔵院道場において、秀綱との三日間にわたる三たびの試合に完敗したようである。宗厳はすべてのこだわりを捨てて秀綱の門弟に加えてもらい、その入門の束脩《そくしゅう》として、──

一、馬　一頭
一、平樽（酒六升入）　二荷
一、塩鯛　五尾
一、昆布　五把
一、赤飯　一荷

を贈り、秀綱を柳生谷の館に案内した。

柳生の庄では宗厳の父美作《みまさか》入道家厳以下、一族郎党にいたるまでこれを出迎えて歓待した。

秀綱にとって柳生の庄は極めて居心地がよかった。秀綱は鈴木意伯とともに宗厳以下の指導にあたりながら（疋田豊五郎は柳生谷に来てからまもなく、秀綱から新陰流の印可を受けて、柳生を離れていた）、翌永禄七年（一五六四）の春を柳生館で迎えた。

その秀綱のもとに嫡男常陸介秀胤《ひでたね》の訃報が届いたのは、梅がそろそろ桃に変わろうとする二月に入ってからであった。

秀胤は上州で北条氏康の麾下にあったが、里見の軍勢と下総の鴻《こう》の台《だい》で戦い、正月十六日の巳《み》の刻《こく》（午前十時）に戦死したという。三十五歳であった。

秀綱はそれを機に柳生の庄を離れることにした。しかし、上州に帰ったわけではない。上州には門弟の神後宗治を遣わして秀胤の菩提《ぼだい》を弔わせることにし、みずからは鈴木意伯をともなって京都に上ることにしたのだ。

たまたまそのころ、柳生宗厳の主君にあたる松永弾正《だんじょう》少弼《しょうひつ》久秀から、上泉伊勢守秀綱に上洛の招請が来ていた。それに応じたのである。

当時、大和の志貴山《しぎさん》城に本拠を置いた松永久秀は、足利十三代将軍義輝《よしてる》の執権三好長慶《ちょうけい》の家臣でありながら三好家の実権を握り、長慶に代って京洛の諸務を掌《つかさど》っていた。

そしてはじめはその久秀から宗厳に将軍義輝の剣のお相手役を勤めることを命じてきたのである。それを宗厳は〈兵法未熟〉を理由に固辞して受け付けなかった。

大和の一隅に小豪族として生きつづけてきた柳生一族は、室町末期の群雄割拠する時代を迎えると、足利幕府を中心に、三好・松永・筒井・織田といった群雄の勢力圏内に位置するという地理的条件からも、これら諸将の興亡によって絶えずその命運を左右されざるをえなかった。

たとえば、宗厳の父美作守家厳は、はじめ三好長慶に臣属していたが、のちに木沢長政に仕え、さらに天文十三年（一五四四）七月、筒井順昭《じゅんしょう》が一万の兵をもって柳生を攻めると、それに降服して筒井氏の麾下に入った。

そしてこのとき、当時新介を名乗っていた宗厳（数え十六歳）はみずから筒井氏の人質となり、二十歳まで四年間の人質生活を送っている。そして永禄二年（一五五九）、松永久秀が筒井氏を攻めるや、家厳はそれを好機として松永氏に臣従し、本領三千石を安堵された。まさに小豪族の苦難の道である。

宗厳自身が松永久秀に従って筒井氏と戦ったのは永禄三年（一五六〇）である。そのときの働きにより、宗厳は松永麾下七手組の旗頭を命ぜられた。それは久秀の宗厳にたいする評価のあらわれであったが、宗厳はなぜか久秀に心服することができなかった。

戦国の武将であるからには、謀略に明け、術数に暮れることは宗厳も承知していた。しかし、久秀のばあいは、その謀略なり術数の底になにか異常なものが孕まれているように思われて安心がならなかった。頭の回転の速さといい、戦場の駆引きの巧妙さといい、久秀は武将としての長所をたくさん享有していた。とくにこの永禄三年十一月、久秀は志貴山城を築いて、従来の城郭の概念を一変させた。中でも本丸に三層に畳みあげた天守閣は、それまでは単なる物見櫓か指揮台の意味しかもたなかった高櫓《たかやぐら》を、〈天守〉という、城主の権威を象徴する高層建築の殿閣にまで発展させたものであり、城郭の隅々にまで一貫した実戦的合理主義の見事さは、兵法家としての宗厳をも舌を巻かせるものがあった。

そのような優れた武将の側面をもちながら、久秀にはどこかに無気味な翳《かげ》りが感じられた。

とくに、そのころから果心居士《かしんこじ》という幻術使いを寵遇しているといううわさが流れたことが、その陰翳をさらに濃密にした。

宗厳からすれば、そのような幻術使いというのは、いわば〈外法《げほう》〉に生きる者であった。〈正法《しょうほう》〉にたいする〈外法〉である。

宗厳の求める剣の道が仏・法・僧の〈三宝《さんぽう》〉を尊ぶ正法の道だとすれば、外法とはその三宝を否定する、不敵な反逆の情熱である。そこに宗厳はいいしれぬ危険なものを感じていた。そして現在のところは久秀に臣従しているしかないが、いずれは手を切らねばならぬことを予感していた。

　宗厳が主命とはいえ久秀の申し出を拒否したのは、そのような思い入れがあったからである。しかし、それはあからさまにいうべき筋合いのものではない。したがって、将軍義輝公は塚原卜伝から一の太刀を授けられ、一国一人の印可も受けたほどの兵法家であられる、そのお相手役など、この兵法未熟の宗厳に勤まるはずもない、といって断わったのである。

　それに、表面上は、将軍義輝公のお相手役などと体裁のいいことをいってはいるが、いつなんどきその将軍さまを殺すかもしれぬ久秀であるとすれば、お相手役というのは一見護衛役のようで、じつは暗殺者に変貌する可能性を孕んでいるのだ。それを思えば、迂闊に引き受けることはできなかった。それが宗厳のホンネであった。

　ところが久秀のほうは、宗厳の固辞を逆手《さかて》にとって、「それでは、其方の師匠である上泉伊勢守どのを」と、こんどは秀綱の上洛を要請してきたのである。

　秀綱はそれを承諾した。

　久秀の使者が帰ったあと、宗厳がこんどの上洛についての意見をのべようとすると、秀綱はにっこり笑って、

「いやいや、これであなたも少しはゆっくり修行に専念できるでござろう」

と、宗厳のことばを抑えた。

そこには松永久秀と柳生一族のあいだに少しでも面倒な事態の起こることを防ごうとする、温かな配慮が感じられた。しかも秀綱はことばをつづけて、

「じつは、こんな出しゃばりを致したのも、あなたにぜひとも仕上げてほしいことがあるからじゃ」

と、真顔になった。

それから秀綱が語り出したのは〈無刀取り〉の秘技についてであった。

二人はただちに道場に入り、夜の更けるまで籠っていた。その間に、秀綱からは〈無刀取り〉について現在自分の到達している段階のすべてが披露され、その先の仕上げが宗厳に依頼されたのである。

宗厳はあらためて秀綱の剣技の奥の深さに頭を下げるとともに、〈無刀取り〉という、秘技中の秘技の完成を自分に委託されたという感激に身を顫わせて、承諾した。

翌朝早く、秀綱は柳生家の全員に見送られて柳生の庄を後にした。これから志貴山城に久秀を訪い、そこに二、三日逗留してから、久秀とともに京都へ上るとのことであった。秀綱の顔は折から山の端に昇った朝日に映えて、はればれと輝いていた。

宗厳の修行精進の日がつづいた。——

三

『玉栄拾遺』によると、〈秀綱又《また》諸邦ニ行《ゆく》、公（宗厳）日夜高嶺ニ陟《のぼ》リ其事由《そのじゆう》（秀綱に敗れた理由の意）ヲ考夫《こうふ》シ玉《たま》フ〉とあり、割注《わりちゅう》して〈此地　即　今《すなわちいまの》法徳寺（芳徳寺）境内日吉神社跡五十二段ト云《いう》〉とある。芳徳寺は柳生宗矩が父石舟斎宗厳の菩提寺として、三代将軍家光の許しをえて柳生の地に建立した寺である。現在、同寺の前方には、〈十兵衛杉〉が聳《そび》えている。

日夜、無刀取りの完成に心をくだいている宗厳の耳に、京都に上った久秀や秀綱の動静がときどききこえてきた。

三月十日、秀綱が久秀にともなわれて将軍義輝に謁見し、新陰流の妙技を上覧に入れたこと、そのとき秀綱の打太刀をつとめたのが、禁裏に仕える北面の武士で、秀綱に入門してまだ日も浅い丸目蔵人佐《まるめくらんどのすけ》という青年兵法者だったことなどが、鈴木意伯からの手紙や、柳生家で〈風のたより〉と称している細作《さいさく》（忍びの者）たちからの報告で知らされた。

このとき秀綱の剣の見事さに感動した将軍義輝は、

「上泉の兵法、古今比類なし。天下一と謂うべし。並びに丸目打太刀、これまた天下

上泉伊勢守殿
丸目蔵人佐殿」

長慶が、三月十五日には筒井順昭が息子の順慶《じゅんけい》の重宝《ちょうほう》たるべきもの也。

三月十日　義輝（花押）

という感状をその場で書いたという。

また、細作たちからの風のたよりによれば、三月十五日には筒井順昭が息子の順慶《じゅんけい》に殺されたといい、五月に入ると、三好長慶が松永久秀の讒言《ざんげん》により弟の安宅《あたか》冬康を河内の飯盛城に誅殺したという。やがてその長慶自身が七月四日に病死したが、長慶の嫡男義長は前年（永禄六年）八月に死去し、松永久秀に毒殺されたといううわさがもっぱらだったので、このたびの長慶も同様な殺され方をしたのではないか、などという話柄が京雀《きようすずめ》のあいだでもちきりだ、との報告も届いた。

将軍邸宅として京都の二条に造られていた室町御所が、十二月に久秀の手で完成され、将軍義輝が新邸に移ったという報告が宗厳のもとに届いたのは、永禄八年（一五六五）の正月を迎えて間もなくだった。宗厳は、いよいよ久秀の魔の手が義輝の身の上に伸びるのもそう遠くではあるまい、などと、不吉な予感をもってその報らせを読んだ。

その予感のせいか、師の秀綱のことが日ましに気がかりになったとき、秀綱自身が鈴木意伯をともなってひょっこり柳生家の玄関にあらわれて宗厳を驚かせた。永禄八年四月の上旬も中旬に移る頃であった。

秀綱は相変らず温顔に微笑を失ってはいなかったが、なにか心せくものがあるらしく、旅装を解くとすぐに宗厳に〈無刀取り〉の仕上がりについて問いかけた。宗厳はただちに案内した部屋のその場で、まず鈴木意伯と立会った。

このときの模様が『玉栄拾遺』に報告されている。ただし、同書ではこのとき秀綱に随ってきた門弟を〈侔田（侏田《ひきた》?）文五郎藤原京兼（景兼《かげとも》?）〉と〈賀井掃部《かもん》某〉とし、最初に宗厳と立ち会ったのは賀井掃部だったと書き遺しているが、この両者の名には疑問がある。ここは今村嘉雄氏の説に従って鈴木意伯としたほうが穏当であると思われるが、ひとまず『玉栄拾遺』の叙述に従うと、次のようになる。――

秀綱の一行は〈紅楓橋上ノ営（柳生家の館）ニテ公（宗厳）ニ謁ス。則《すなわち》賀井討太刀《うちだち》ニテ公ニ対ス〉というのである。

そこで宗厳が〈木刀ヲ持《もち》、身ヲ放レ上ヨリ打下ス。賀井是《これ》ヲ請《うけ》ントスルヲ公早ク勝《かち》玉《たま》フ〉。あっけない勝負であった。

すると、〈秀綱高臥シテ見居タルガ、俄然トシテ起坐シ〉、――おそらく秀綱は一段高い床の間からこの立会いを見ていたのであろうが、その結果を見てパッと立ち上がり、〈術者多也《たなり》トイヘドモ、未《いまだ》レ見二公《こう》ノ余《よ》其人アルコトヲ一ト、美嘆《ひたん》再三〉した、という。

　つまり「兵法者はたくさんいるが、いまだ柳生どののほかに兵法者というべき人を見たことがない」といって、感嘆した、というわけだ。

　宗厳はまず剣をとっての技を秀綱に披露したのである。そこで秀綱は「無刀取りについてはいかがか」と尋ねたのであろう。秀綱が木刀をとり、宗厳がこれを受けることになった。

〈亦《また》無刀ノ話ニヲヒテ（於いて）、秀綱木刀ヲ上段ニ構フ〉

　すると、〈公ハ無刀ニテ立会玉《たちあいたま》ヒ、八畳ノ間ヲ秀綱後《うし》ロ退《さがり》二三回シテ巨燵《こたつ》ノ上ニ腰打カケ、不レ及レ術《じゅつにおよばず》ト賛シ、公ヲ以テ師ト称ス〉という結果となった。

　ここに〈八畳ノ間〉とあり、〈巨燵ノ上ニ腰打カケ〉とあるので、これが道場ではなく、宗厳の居間か客間での立会いであることが推測される。それとも柳生家にはそのような狭い秘密の間があったのであろうか。

　とにかく、師の秀綱が「これ以上の立会いは無用」といい、「もはや柳生どののほうがわたしの先生じゃ」といったのであるから、『玉栄拾遺』の筆者（萩原信之）は、

〈故ニ術名上泉ノ上ニ踰《こ》ユ。当時ノ侯伯頓《とみ》ニ柳生流ト称シテ門弟タル者不レ可枚挙焉《まいきょすべからず》〉と、鼻を高くしている。

宗厳の真摯な求道心と創意に感じ入った秀綱は、ただちに新陰流の印可状（原漢文）一札を宗厳に与え、新陰流兵法二世の正統を継がせた。その印可状を仮名まじり文に書き改めると次のようになる（今村嘉雄氏著『柳生一族』）。——

〈某《それがし》、幼少より兵法兵術に志有るに依って諸流の奥源を極め、日夜工夫鍛煉（錬）を致すに依って、尊天《そんてん》の感応《かんのう》を蒙《こうむ》り、新陰の流を号す。天下に出《いだ》して伝授せしめん為、上洛を致せし処、不慮に参会申し（偶然におめにかかり、の意）、種々御懇切御執心、其の計《はからい》謝し難候間、一流一通《ひととおり》の位、心持、一《ひとつ》も残さず相伝《あいつた》え申し候。此旨偽《このむねいつわ》るに於いては、摩利支尊天《まりしそんてん》、八幡大菩薩、天満天神、春日大明神、愛宕山、此の御罰罷蒙《まかりこうむ》る可き者也。此已後《このいご》御執心の旁々《かたがた》御座候わば、堅く請段《せいだん》を以って、九か（九箇《くか》の太刀《たち》）迄御《までご》指南尤《しなんもっともに》候。其上の儀は真実の人に寄るべく候。上方《かみがた》数百人の弟子を治め候。斯《かく》の如きの儀は一国一人に候。依《よ》って印可の状件《くだん》の如し。

猶々《なおなお》此上御鍛煉（錬）然るべく候。

上泉伊勢守藤原秀綱（花押）

柳生新左衛門尉《しんざえもんのじょう》殿　参る

永禄八年卯月《うづき》吉日

この印可状を宗厳に授けると、さすがに秀綱の顔に安堵の情が浮んでいた。そして十日ほど柳生の庄に逗留すると、来たときと同じように、風のごとく京へ去って行った。

「陰は光なり、光は心なり、されば陰は心なり」というのが、秀綱の別れのことばであった。

それから一ヵ月ほどして、松永久秀が三好長慶の養子で、まだ十四歳の義継を奉じて、五月十九日の夜、将軍義輝を室町御所に襲い、これを殺害した、という報らせが入った。

義輝は新当流達人の名に背かず、凄絶な防戦を演じたが、衆寡敵すべくもなく、火中に投じて自裁したという。

ついにやったか、と、自分の仕える主君でありながら、久秀の暗い野望に宗厳は眉根を曇らせた。そして、秀綱先生はいかがされたであろうか、と気にしていると、数日してから、あの惨劇の夜、義輝の襲われたことを知った細川幽斎（藤孝）が、義輝の弟で、奈良興福寺一乗院の門跡をしている覚慶《かくけい》（のちの足利十五代将軍義昭）のもとに走り、これを救出して近江《おうみ》の和田秀盛に庇護を求めたらしい、という続報が届き、その細川幽斎に事件の第一報を知らせてやったのはどうも上泉先生といううわさだ、と〈追って書き〉に書き足されていた。

ついに秀綱先生も久秀を見放したか、と、宗厳は嘆息を漏らしたが、このうわさが柳生にまで届くからには久秀の耳に入らぬはずはなく、そうとすると、先生の身辺はどうなるであろうか、さらにそれに関連して、柳生家と久秀との関係もどうなってゆくのか、それを考えると、宗厳も身の引き緊まるのを覚えた。

四

ふたたび『武芸流派大事典』によると、上泉伊勢守秀綱は永禄八年（一五六五）四月に柳生をおとずれ、柳生宗厳に新陰流皆伝印可をあたえたが、その後の数カ年間の消息は不明であり、かれの消息がはっきりするのは山科言継《やましなときつぐ》卿の『言継卿記』で永禄十二年（一五六九）正月十五日にその名が出てからだ、とある。そしてこの『言継卿記』にはこれから元亀二年（一五七一）七月二十一日までの約二年七カ月のあいだに、三十二カ所の秀綱に関する記述があるという。

さて、ここでわたくしは、『言継卿記』に秀綱の名が現れる最初が永禄十二年正月十五日という事実と、松永久秀が十五代将軍義昭を奉ずる織田信長に二度目の降服をしてその許しを受けた永禄十二年正月十日という日付と、全く無縁であろうか、という疑問を抱くのである。秀綱の消息が不明というのは、義輝弑逆《しいぎゃく》後の松永久秀の追及から身を隠していた、というふうには考えられないであろうか、というのがわたくしの仮説なのである。

しかし、この不明といわれる期間に秀綱から授けられた宝蔵院胤栄宛の印可状（日付は永禄八年八月吉日）や、柳生宗厳宛と思われる「新影《（ママ）》流絵目録」四巻（永禄九年五月）、丸目蔵人佐宛の「新陰流目録」（永禄十年二月）などが現存しているところをみると、秀綱はその間に柳生家や宝蔵院、あるいは京都の門弟たちのあたりに潜伏して、久秀の追及から身をかわしていたのかもしれない。

一方、宗厳のほうは、久秀の麾下から離れようとして、なかなか離れられずに苦労している。久秀軍として働くのが嫌だという気持が心の隙《すき》となったのか、永禄九年正月二十七日、宗厳は戦場で一生の不覚をとっている。

このときの合戦は、松永久秀が比叡山の末寺で、藤原鎌足の墓所のある多武峯《とうのみね》の衆徒と戦ったもので、柳生家厳・宗厳父子が従軍した。

この日、宗厳は多武峯東口で槍を揮って数人の首をあげたが、敵の箕輪《みのわ》与《よ》一《いち》という者の放った矢に拳を射られ、さすがの宗厳もその痛手にはなはだ危うかったところを、松田源次郎宗重と鳥居相模某《さがみなにがし》という二人の家臣が駆けつけて、与一を討ち取って事なきをえた。しかし、源次郎は与一と戦って討死した。

この合戦での宗厳の働きに久秀が与えた感状が現存しているが、ちなみに、この源次郎の献身に強く打たれた宗厳は、それから三十八年たった慶長九年（一六〇四）八月に、源次郎の長男同名源次郎に新陰流印可状を与えたとき、その印可状の中で父源次郎の武勇を称えている。

また、元亀二年（一五七一）八月、久秀が将軍義昭と通じ、信長に叛いて、大和で筒井順慶と戦ったときにも、宗厳は松永勢に属して従軍している。ところがこの戦いでは松永勢が大敗し、宗厳の長男新次郎厳勝は重傷を負い、生涯柳生を出ることがないほどの犠牲を払わねばならなかった。

この戦いは宗厳にとって終生の誤算であった。ただ、この年一月に五男又右衛門、のちの但馬守宗矩が生まれていたのが、わずかの慰めだったろう。

宗厳が永禄十一年（一五六八）以来、信長の推挙でその任に当っていた将軍義昭の師範を辞め、それを機にあらゆる政治的繋累から手を切って柳生の里に帰って閑居したのは、天正元年（一五七三）一月下旬であった。義昭の人物に足利幕府の終焉を見た思いがしたからである。じじつ、足利幕府はこの年の七月に幕を閉じた。

宗厳、四十五歳であった。

それに、松永久秀の信長にたいする離反もたびかさなっていた。宗厳にはもはや久秀への義理立ても無用に思われた。

宗厳の閑居する柳生の里では歳月があわあわと過ぎてゆくうちに、武田信玄が死に(天正元年四月)、朝倉義景や浅井長政も死に(同年八月)、三好義継も信長に攻め殺されていた(同年十一月)。

〈蝮《まむし》〉とあだ名された松永久秀が、長いあいだ信長の強い無心を拒絶しつづけてきた〈平蜘蛛《ひらぐも》〉と呼ばれる愛用の茶釜を打ち砕き、糠《ぬか》とともに箱に詰めて、信長の嫡子信忠のもとに送って志貴山城に火をかけて自滅したのは、天正五年(一五七七)八月十七日であった。ただし、『玉栄拾遺』の筆者によれば、このとき打ち砕かれた平蜘蛛の釜は贋物で、本物は久秀からひそかに茶道の盟友柳生松吟庵(宗厳の父家厳の弟)に贈られ、松吟庵が代々これを重器として伝えた、と書き遺している。

天正七年(一五七九)には師の上泉秀綱も柳生で死んだ。信長も死に(天正十年六月)、父家厳も死んだ(天正十三年十一月)。文禄元年(一五九二)一月には、豊臣秀吉の朝鮮出兵が開始された。

そして、文禄二年(一五九三)。この年、宗厳は剃髪・隠居して、法名を宗厳、斎名を石舟斎と号した。天正元年（一五七三）に閑居してから、ちょうど二十年目である。

世をわたる　わざのなきゆへ　兵法を
　かくれがとのみ　たのむ身ぞうき
兵法の　かぢをとりても　世のうみを
　わたりかねたる　石のふねかな
（「宗厳兵法百首」より）

なお、〈石舟斎〉という号は、柳生下邑西北の山中から石櫃《せきひつ》（高さ・横四尺、長さ七尺）が出土し、その山を石舟山と呼び、櫃は柳生邸内の石舟の間において手洗鉢としたことにちなむという。宗厳がその〈石舟斎〉という号に託した感懐は、右の和歌で言い尽していよう。六十五歳。

世の荒海に沈むしかない石の舟に、上洛の招聘があったのは、翌文禄三年（一五九四）四月であった。黒田長政の斡旋で、徳川家康に面謁することになったのである。

五月三日、石舟斎は子供の五郎右衛門宗章と又右衛門宗矩をともなって、洛西、鷹が峰の山麓一帯に設営されていた徳川軍の仮本陣で家康に謁見した。

〈海道一の弓取り〉と評判された家康は、当然、刀においても達人の域に入っていた。

この日、家康の希望により、宗厳は家康を相手に〈無刀取り〉の妙技を披露した。『玉栄拾遺』によると、家康みずから木刀を執り、「わが剣を取ってみよ」と宗厳に命じた。――

〈即《すなわち》公（宗厳）無刀ニテ執給《とりたま》フ。其時神君後《うし》ロエ倒レ玉ハントシ、上手ナリ向後《こうご》脚《あし》タルベシト上意ノ上、景則《かげのり》ノ刀ヲ賜ヒテ誓詞ヲ辱《かたじけなく》ス。于レ時《ときに》五月三日也、且《かつ》俸禄二百石ヲ賜フ〉

このとき、家康は五十三歳、宗厳六十六歳。

普通ならば、宗厳の無刀取りで相手ははるか先方に転倒しているはずなのに、家康は辛くも後ろ手に倒れそうになっただけであった。これは家康が達人の域にあったから、というよりは、宗厳が家康の転倒を手で支えていたためと思われる。

「柳生、でかした。その方こそ天下の上手じゃ。これ以後、わしの脚となって支えてくれ」

そう叫んだ家康のことばを聞きながら、宗厳は恥入っていた。しょせん、兵法使いは兵法使いにすぎぬ。宗厳はそこに、自分よりもはるかに大きな、家康という、本当の〈無刀取り〉の名人がいることを、実感していたのである。

総解説

末國善己

剣豪と流派

日本の伝統的な武術には剣術、柔術、弓術、馬術、砲術などがある。現代人に最も馴染《なじ》み深いのは、時代小説でもお馴染みの剣術だろうが、武術の歴史をみていくと、剣術の発達は最も遅いのだ。武士が守るべき道徳を「弓馬の道」、武家を「弓馬の家」と称することからも明らかなように、日本では弓術と馬術が武士の花形だった。

これは中世までの戦争が、馬に乗った武士が弓を射ることで進められていたからにほかならない。今も各地で「流鏑馬《やぶさめ》」が行われているが、神事として用いられるほど、武士にとって馬と弓は重要だったのである。それに対し刀は、馬上では使えず、鎧《よろい》を着た武士を傷つけることができないので、戦場では無用の長物だったのである。

戦国時代になると、鎧を効果的に貫けるため槍《やり》も重視されるようになる。この時代も剣はそれほど重視されておらず、相手を殴る鈍器として用いるのが一般的だったようだ。ただ鎧の隙間《すきま》を狙《ねら》って剣を突き入れる介者剣法《かいしゃけんぽう》や、白兵戦になった時に相手を倒して刀で止《とど》めを刺す組み打ちなどが、武術として認知されるようになる。ちなみに、戦国時代に広まった組み打ちが発展したのが、現在の柔道である。

このように戦国時代までは、一つの武器に習熟するよりも、複数の武器を使えるようにする総合武術を身に付けるのが一般的だった。だが人によっては得意な武器と、不得意な武器が出てくるので、中には自分の得意な武器だけを極めようとする人たちが出てくる。こうした専門職を目指した武士の中で、他人に真似《まね》のできないレベルに達した者が、武術の流派の祖になっていったのである。戦国時代も戦争が続くと実戦で使える武術が尊重されるが、平和な時代が近付くと優れた技術ならば評価されるようになる。剣術の大家が、戦国末から江戸初期に数多く輩出されたのは、時代の変化も影響しているのである。

こうして発生した剣術は、陰流、念流、神道流を源流にして日本に広まっていく。陰流は愛洲移香斎《あいすいこうさい》が興《おこ》した流派で、その系譜は新陰流（柳生《やぎゅう》新陰流）、疋田《ひきた》陰流、直新陰流、タイ捨流などへ受け継がれる。

念流は念阿弥《ねんあみ》慈音が創立した槍術だが、中条兵庫助長秀によって小太刀なども教える中条流に受け継がれ、中条流を富田《とだ》勢源が発展させて富田流へと流れ込む。富田流は伊東一刀斎の一刀流、小野忠明の小野派一刀流などの一刀流系に影響を与えるので、念流は一刀流の祖といえるだろう。

そして神道流は、この三派の中では最も古い歴史を持ち、古くから軍神として信仰されていた香取神社で千日の修業を行った飯篠長威斎家直《いいざさちょういさいいえなお》が開眼して作り出した。神道流は、塚原卜伝の鹿島新当流や東郷重位《しげたか》の示現流に受け継がれていくのである。

江戸時代になると、武術は戦場で人を殺すための技術ではなく、鍛練を通して精神を高める人間修養としての側面が重視されるようになる。修業の道具ならば、戦場では役に立たない剣が最も適している。そのため太平の世になった江戸では、剣術が爆発的なブームを迎え、それは幕末まで継続していくのである。

戦国時代の剣術の流れを概観したところで、本書『剣聖』に登場する剣豪たちに目を向けてみたい。

新陰流・上泉伊勢守

上泉伊勢守秀綱は、上野国大胡《こうずけのくにおおご》城で大胡秀継《ひでつぐ》の二男として生まれた。家督を継いだ時に父の官命・伊勢守を受け継ぐが、後に武蔵守の任官も受けている。関東管領《かんれい》・

上杉憲政を支える長野業政の家臣として北条氏康と戦うが、敵の攻撃で大胡城を失い上泉へ移ったことから、姓を上泉と改める。武将として「長野十六本槍」に選ばれる活躍をする一方、愛洲移香斎に陰流を学び印可を受けている。陰流に、念阿弥慈音が作り出した念流、塚原卜伝に「一の太刀」を伝えたとされる松本備前守の鹿島神流の要諦《ようてい》を加え、伊勢守が新たに編み出したのが新陰流だった。

新陰流は、秘術を口承で一子相伝するような閉鎖的で呪術《じゅじゅつ》的な剣術を批判。剣の技や修業する時の心構えなどを分かりやすく体系化し、さらに体に当たっても怪我《けが》をしない「蟇肌竹刀《ひきはだしない》」を考案して稽古《けいこ》の安全にも配慮した画期的なものだった。

上野国が武田信玄に占領されると、信玄は名高い伊勢守を召し抱えようとするが、この申し出を固辞。伊勢守は新陰流を広めるため、廻国修業に出ることを申し出る。信玄は伊勢守の願いを聞き届け、自分の名前から「信」の文字を送ったという。これ以降、上泉伊勢守信綱を名乗るようになるが、上泉伊勢守は信玄との会見以前から「信綱」を使っていたともされているので、これが史実かどうかは疑わしい。

諸国放浪の途中、大和の柳生家に立ち寄った伊勢守は、柳生宗厳に出会い、その才能を見出《みいだ》し、後に新陰流の印可を与えている。そのほかにも、疋田陰流を起こした疋田豊五郎（文五郎）、タイ捨流を創始した丸目蔵人《くらんど》、宝蔵院流槍術を作った宝蔵院胤栄《いんえい》などに新陰流を伝えており、後世の剣術に与えた影響ははかりしれないものがある。武将の家に生まれ、新陰流を興したにもかかわらず、伊勢守の生没年には諸説あり、はっきりしたことは分かっていない。

黒澤明監督の『七人の侍』には、強盗が幼児を人質にして屋敷に籠城《ろうじょう》した現場に居合わせた勘兵衛（志村喬）が、頭髪を剃《そ》って僧形になり、握り飯を持って犯人に近付く場面がある。勘兵衛は犯人に握り飯を投げ渡し、そちらに気を取られた隙に犯人を取り押さえた。実はこの勘兵衛の活躍は、日夏繁高『本朝武芸小伝』に書かれた上泉伊勢守のエピソードを換骨奪胎したものである。

新当流・塚原卜伝

塚原卜伝は、常陸《ひたち》鹿島家の四宿老の一人で、鹿島神宮の卜部《うらべ》でもあった吉川覚賢《あきかた》の二男として一四八九年に生まれている。その後、塚原安幹《やすもと》の養子となり、名を新右衛門高幹と改める。卜伝は、実父から鹿島中古流（鹿島古流）を、養父から香取神道流を学んだ。鹿島神流を開いた松本備前守政信から奥義《おうぎ》「一の太刀」を伝授され（卜伝が自ら編み出したとの説もある）、三四歳の時に鹿島新当流を開いている。

鹿島新当流は、介者剣法の伝統を色濃く残している。介者、つまり鎧を着た武者と戦うための介者剣法は、鎧の隙間にあたる喉《のど》、脇《わき》、手首、股《もも》などを狙い、突きと引き斬りを繰り出すのが特徴だった。広い歩幅で腰を落し、脇構や八相に近い形で剣を構え、肘《ひじ》を大きく張り出す新当流の構えは、鎧武者と戦うために考案されたものである。

『卜伝百首』によると、卜伝は戦場に出ること三九回、真剣で一九回立ちあい、二一二人の敵を討ち取ったというが、矢傷を六箇所負っただけで、それ以外の不覚は一度もなかったという。また生涯に三度の廻国修業に出て、足利義輝や北畠具教《きたばたけとものり》に剣術を指南している。北畠具教には、「一の太刀」を伝授したとされている。

卜伝には伝説とも史実とも判断のつかないエピソードも多い。江州矢走《やばせ》の渡りで兵法者と同じ船に乗りあわせた卜伝が、勝負を挑まれた。流派を訪ねる兵法者に卜伝は「無手勝流」と答え、試合のために立ち寄った小島に男を置き去りにし、「戦わずして勝つのが無手勝流」と言い残したという。これは『本朝武芸小伝』にも紹介されているので、卜伝を考えるうえで一面の真実が含まれているのかもしれない。講談での卜伝は、食事中に宮本武蔵に襲撃された時、鍋蓋《なべぶた》で防御したことになっているが、武蔵は卜伝の没後に生まれているので、これは完全なフィクションである。

二天一流・宮本武蔵

多くの日本人が知る宮本武蔵の生涯は、作家の吉川英治が作り上げたもので、実際の武蔵の経歴は、よく分かっていない。『二天記』によれば、武蔵は一五八四年に播《は》磨《り》《ま》で生まれたことになっているが、『宮本村古事帳』には美作《みまさか》の出身とある。吉川が美作説を採ったので、こちらが有名になったが、実際には異論も多いようである。

武蔵の父は十手術や刀術に優れた新免《にいみ》無二斎とされているが、これにも実子説と養子説があるようだ。『五輪書』には、一三歳で新当流の有馬喜兵衛と決闘して以来、二九歳までに六〇余回の試合を行い、すべてに勝利したとある。武蔵の試合相手としては、宝蔵院流槍術の日栄、鎖鎌《くさりがま》の宍戸《ししど》某、辻風左馬助などが有名だが、これらは事実と裏付けるだけの史料が存在しないため、疑問が持たれている。

京で兵法家吉岡一門と戦ったのは二一歳の時、ただ「一乗寺下り松」での乱戦のような派手な戦闘が行われたかについては賛否が分かれている。舟島（巌流島）で巌流（佐々木小次郎）と戦ったのは二九歳の時。この原因も細川家の命令で行われた御前試合から、門弟同士の争いに端を発する私闘説まで、様々である。『二天記』では、武蔵は一撃で巌流を絶命させたことになっているが、『肥後沼田家記』によると、巌流は武蔵の一撃を受けて気絶、息を吹き返したところを武蔵の弟子に殺されたとしている。

その後の武蔵は、大坂冬の陣と島原の乱に参戦、五七歳の時に細川忠利の招きで熊本に移り、ここで『五輪書』などを書いて一六四五年、六二歳で亡《な》くなっている。

武蔵は自分の流派を当初、円明流と称していたが、後に二天一流と改める。武蔵といえば、どうしても二刀流を思い浮かべてしまうが、二天一流には二刀流だけでなく、一刀、小太刀、棒術なども伝えられている。

二天一流は、相手がこちらを打つために動き出す瞬間をとらえ、それよりも一瞬早く動いて相手を倒すことを極意としている。武蔵の肖像画としては、二刀を持った武蔵が、両手をだらりと下げたものが有名である。これは二天一流の無構《むがまえ》で、相手を誘うよう無防備に見せているが、実際は何処《どこ》から斬りこまれても対応できるようだ。

巌流・佐々木小次郎

宮本武蔵よりも経歴が分からないのが、佐々木小次郎である。『二天記』は、小次郎を越前国宇坂ノ庄浄教寺村の生まれとしているが、そのほかにも周防国《すおうのくに》岩国や豊前《ぶぜん》岩石城主であった佐々木一族とする史料まである。近年は山口県阿武郡阿武町で「佐々木古志らう」の墓が見つかったことから、長州生まれとの説も出ている。没年は巌流島の決闘が行われた年なので一六一二年と分かっているが、生年は不明である。同じように、小次郎が誰に剣を学んだかも分かっていない。『二天記』は小次郎が富田流の富田勢源から剣を学んだとしている。だが富田勢源が、斎藤義龍《よしたつ》の剣術師範だった梅津なる剣客と立ち合い、名を上げたのは一五六〇年。『二天記』は、巌流島の決闘の時、小次郎を一八歳としているので、逆算すると小次郎は一五九五年生まれとなる。富田勢源の没年は不明だが、小次郎が弟子入りしたとすれば、勢源はかなり長生きしたことになる。これは当時の平均寿命などを考えれば、相当に無理があることが分かるだろう。そのため現在では、『二天記』の記述が「七八歳」の書き間違えだったか、もしくは小次郎の師匠が勢源と同じ富田流の流れをくむ鐘巻自斎《かねまきじさい》だったのではないかと考えられている。

小次郎は諸国を遍歴し、巌流（岩流、岩柳）を始めるが、流派の内実もよく分かっていない。「物干竿《ざお》」と呼ばれる長剣を使っていたのは史実のようだが、必殺技については、有名な「燕《つばめ》返し」ではなく「虎《とら》切り」と呼ばれていたという説もある。小次郎の必殺技も詳細は伝わっていないが、左から右へ剣を走らせた後、間髪入れずに右から左へと剣を戻す返し技だったのではないかと考えられている。

講談では、小次郎が「燕返し」を編み出したのは錦帯橋《きんたいきょう》の上としているが、錦帯橋は小次郎の没後六〇年以上経《た》った一六七三年、岩国三代藩主・吉川広嘉《きっかわひろよし》によって架《か》けられた橋なので、これは間違いなく俗説の一つである。

柳生新陰流・柳生石舟斎

上泉伊勢守から新陰流の後継者とされた柳生宗厳は、一五二七年に柳生家厳の子として生まれている。戸田一刀斎や神取《かんどり》新十郎に剣を学んでいたが、一五六三年に廻国修業中の上泉伊勢守に出会う。宗厳から試合を挑まれた伊勢守は、高弟の疋田文五郎に立会いを命じる。宗厳も腕に自信はあったが、文五郎に打ち込むことが出来ないまま刀を叩《たた》き落されたという。自分の未熟さを悟った宗厳は、伊勢守に弟子入りを願い出た。それから研鑽《けんさん》を重ねた宗厳は、一五六五年に新陰流の印可を受けている。

宗厳と伊勢守は、共に小国とはいえ一国一城の主であり、互いに苦労が分かっていたからこそ、親交が深かったともいわれている。柳生家は、常に畿内《きない》の政争に巻き込まれていて、宗厳も三好長慶、筒井順慶に仕え、松永久秀の下で戦った時には、矢傷を負ったり、落馬して重体に陥ったりもしている。また嫡男《ちゃくなん》の厳勝は鉄砲傷で障害を負い剣を振るえなくなるという不幸にも見舞われている。豊臣秀吉による検地では隠田が発見され所領を没収されるなど、小国の悲哀を様々に経験している。

宗厳の運が開けてくるのは、一五九四年に徳川家康に出会い、剣法指南となることを依頼された時からである。老齢だった宗厳は家康の申し出を固辞、代わりに五男の宗矩《むねのり》を推薦した。やがて関ヶ原の合戦に勝利した家康が将軍となったことで、柳生家も将軍家剣法指南役として、権勢を誇ることになるのである。

新陰流では、敵の動きにあわせて動き、最終的に勝ちを得る「転《まろばし》」を理想としている。新陰流は形を「勢法《せいほう》」、構えを「位《くらい》」と呼んでいるが、「勢法」も「位」も、固定されたものではなく、相手の動きによって自在に変化しながら、「転」を合理的に使えば必ず勝てるという。そのため新陰流は、形にとらわれない剣を目指しており、その基本は太刀を下段に構えた「無形の位」とされている。

新陰流では、相手を力でねじ伏せて勝つことを「殺人剣」、相手の動きを制御して勝ちを収めることを「活人剣」と呼び、「活人剣」を理想としている。新陰流が防衛を基本とする剣の理論を持っていたことが、平和な時代の剣法を求めていた家康の理想と合致したため、新陰流は将軍家剣法指南役に選ばれたのであろう。

宗厳は伊勢守から新陰流を受け継いだだけで、新流派を興していない。そのため剣の根本については新陰流を正統に受け継いでいるが、柳生家に伝わってから独自の要素も加わっているので、柳生家に伝わった新陰流は特に「柳生新陰流」と称される。

宗厳によって家康の剣法指南役になった宗矩は、江戸で家康、秀忠、家光の三代の将軍に仕える。特に家光には政治上の相談を受けるほど信頼されていた。また禅僧の沢庵《たくあん》と親交を持ち、新陰流の理論を完成させるのに大きく貢献している。宗矩は江戸で活躍したため、江戸で活動した柳生一門は「江戸柳生」と称されることもある。

一方、宗厳の長男・厳勝の次男・柳生利厳は、祖父の宗厳から剣を学び、一六〇五年に新陰流三世の印可を受けている。利厳は、後に尾張徳川家の剣法指南役となるので、柳生の正統は尾張にあり、江戸は傍流に過ぎないともいわれている。利厳とその一門は尾張を拠点にしたため「尾張柳生」と呼ばれている。

宗厳は、石舟斎と号したが、これは乱世の空《むな》しさを詠《よ》んだ「兵法の　かちをとりても　世のうみを　わたりかねたる　石のふねかな」から採られたものである。

作家と作品

捕物帳、人情もの、怪談など、時代小説には様々なジャンルがある。その中でも、最も長い歴史と衰えない人気を誇っているのが剣豪小説だろう。

そのことは大衆文学の歴史が、甲源一刀流「音無しの構え」を使う机龍之助を主人公にした中里介山『大菩薩峠《だいぼさつとうげ》』から始まることを考えても明らかである。介山は自作を大衆文学と呼ばれることを嫌ったというが、本人の想《おも》いはどうあれ、講談の通俗性とも、純文学の閉鎖性とも異なる新たな文学の潮流が、『大菩薩峠』から始まることに疑問を差し挟むことはできない。その後も剣豪小説は、林不忘《ふぼう》『丹下左膳《たんげさぜん》』、吉川英治『宮本武蔵』、柴田錬三郎『眠狂四郎無頼控』、司馬遼太郎『燃えよ剣』、池波正太郎『剣客商売』などの名作が途切れることなく書き継がれているので、剣豪小説の系譜が、そのまま大衆文学の歴史に重なるといっても過言ではあるまい。

明治天皇の暗殺を計画したとして幸徳秋水らが処刑された「大逆事件」に衝撃を受けた介山は、いかなるイデオロギーにも共鳴しない机龍之助の虚無の剣を通して、閉《へい》塞《そく》した時代を打ち破ろうとした。このように剣豪小説に登場するヒーローは、剣を振るうことで様々なメッセージを送ってきた。それは鬱憤《うっぷん》の溜《た》まった読者に一時の夢を与えることもあろうし、時代に立ち向かう勇気を促すこともあるだろう。

本書『剣聖』は、数多い剣豪小説の中でも、戦国時代に実在した剣客を主人公にする名作を集めた。架空の人物とは異なり、実在の剣豪を俎上《そじょう》に載せる時は、史料に拘束されてしまう。そのため同じ人物を取り上げると似たようなエピソードも出てくるが、作家は時代考証を踏まえながらも、独自の作品世界を作らなければならない。こうした困難を乗り越えた一級の作品ばかりがセレクトされているので、作者の思想、剣に込められた意味がダイレクトに伝わるのではないだろうか。

池波正太郎「上泉伊勢守」

巻頭の池波正太郎「上泉伊勢守」は、新陰流の流祖であり、〝剣聖〟と謳《うた》われる上泉伊勢守秀綱の生涯を描いている。この作品は、十人の剣客の生涯を、十人の作家が執筆した「週刊朝日」の企画〈日本剣客伝〉の一篇として書かれたものである。

戦国時代の剣客は、剣名を広めるため、あるいは大名に仕官するため修業に励む孤高の人物（つまりは浪人）が多かった。その中にあって上泉秀綱は、関東管領《かんれい》の上杉家の重臣・長野業政の家臣であり、大胡城を有する武将であった。晩年は一介の兵法者として廻国修業をしているが、一流の教養人として公家《くげ》の山科言継《ときつぐ》と親交を結び、正親町《おおぎまち》天皇の前で剣を披露《ひろう》するなど、当時の剣客としては異例の厚遇を受けている。

秀綱は戦国武将としても活躍しているので、池波は武田信玄の侵略から領地を守るために戦う秀綱の雄姿もクローズアップしている。秀綱は、「上州十六人の槍」あるいは「上野国、一本槍」と讃《たた》えられるほどの武将なので、合戦シーンは圧倒的な迫力に満ちている。もちろん剣を修業するプロセスや、数多くの剣客たちとの戦いも満載なので、一篇で歴史小説と剣客小説の両方が楽しめる贅沢《ぜいたく》な仕上がりになっている。

池波正太郎の剣豪小説といえば、多くの人が『剣客商売』を思い浮かべるのではないだろうか。『剣客商売』は、剣を極めても食うことはできないので、剣客は得意の剣で生活費を稼《かせ》ぐ算段をしなければならないという、生活感に満ちた剣客像を示した。その一方で、剣客は斬った相手の家族や門弟の復讐《ふくしゅう》を受け入れる覚悟がいるという非情を描き、この二つの世界の相剋《そうこく》が作品世界に深みを与えていったのである。

秀綱は、女弟子の於富に肉体関係を求められた時、拒否しなければと思いながらも、結果的に於富を抱いてしまう。時に欲望に流される一面を見せることも含め、秀綱は決して完全無欠なヒーローではない。また秀綱は、高い剣名ゆえに十河《そごう》九郎兵衛などに対決を挑まれることも珍しくない。九郎兵衛は、秀綱に片目を奪われながらも執拗《しつよう》に後をつけまわすので、剣客の置かれた厳しい現実も活写されている。それだけでなく、親子であっても情に流されず、自分の決めたルールには絶対に背《そむ》かない秀綱は、池波が好んで書いた剣客の特色を、余すことなく体現したといえるだろう。

池波は、上泉秀綱がお気に入りだったらしく、後にその人生を長篇小説『剣の天地』にまとめている。『剣の天地』には、「上泉伊勢守」と共通するエピソードも多いので、本作を読んで秀綱に興味を持たれた方は、一読をお勧めしたい。
大胡城主として何度も激戦を経験した秀綱は、集団戦闘が常識となった戦国時代の合戦では、個人が剣客として優秀であっても何の役にも立たないことを痛感する。いくさ人として戦った秀綱の経験が、人を殺すための殺人剣ではなく、人を活《い》かす活人剣を旨《むね》とする新陰流を生み出すのだが、ここには戦争を経験した池波の平和への想いが込められているように思える。秀綱は、最も優秀な弟子となった柳生宗厳に、自分が成しえなかった「無刀取り」を完成させることを命じる。これは、平和国家日本の舵《かじ》の取り方を常に考えよ、という池波のメッセージではないだろうか。

津本陽「一つの太刀」

続く津本陽の「一つの太刀」は、塚原卜伝を主人公にしている。
最近は歴史小説家としての活躍が目立つ津本だが、デビュー当時は新世代の剣豪小説作家として注目を集めていた。剣道三段、抜刀術五段の腕を持つ津本は、自らの体験をもとにしたリアルな剣戟《けんげき》シーンを得意とした。一瞬で勝負が決まる真剣勝負を、まるでスローモーションで再現するかのように、剣客の足の運びや体の動かし方はもちろん、剣がどのような角度で肉体を切り裂くのかまでを詳細に描いて見せた。特に

「刃筋を立てて斬る」「足裏で地面を探る」などのリアルな描写は読者を圧倒。示現流の流祖・東郷重位を描く『薩南示現流』や、明治時代の剣客に迫った『明治撃剣会』などは〝ネオ時代小説〟と呼ばれ、昭和五〇年代の剣豪小説を牽引《けんいん》した。

「一つの太刀」は、塚原新右衛門（後の卜伝）の生涯を、一二の他流試合を通して描いた連作集『塚原卜伝十二番勝負』の一篇である。卜伝は、生涯で三度の廻国修業を行ったとされるが、本作は一回目の旅から帰ってきたところから始まり、千日参籠《さんろう》によって秘技「一つの太刀」（「一の太刀」とも書かれる）に開眼するまでが中心になっている。

若くして他流試合を重ねた卜伝は、殺した相手の亡霊に悩まされていた。生きながら地獄へ堕《お》ちるような恐怖を体験した卜伝は、試合を前にすると萎縮《いしゅく》するようになっていた。津本は、卜伝の千日参籠が、この恐怖を克服するために行われたとしている。卜伝が勝負の前の恐怖に打ち勝つために過酷な修業をするという設定は、剣道の有段者として幾度も試合に臨んだ津本の実体験から生み出されたのかもしれない。

それはさておき、〝剣禅一如〟を持ち出すまでもなく、剣と宗教は不可分な関係にある。剣法が人を殺す技術であるのに対し、宗教は人間とは何かを追究する哲学である。その意味で、剣法と宗教は相容《あいい》れないはずなのだが、名だたる剣豪は宗教家としても高い境地に達している。剣豪が、剣の技術的な向上とは無縁の宗教を学ぶ理由がよく分からなかったのだが、死を司《つかさど》る剣豪は、誰よりも〝生きる〟ことの意味を問わざるを得ないという津本の解釈は、非常に説得力があった。

剣と仏教の結び付きはこれまでも多くの指摘があるが、卜伝は鹿島神社で千日参籠をするなど、剣法と神道との関係に焦点があてられているのも興味深かった。

剣の流派は、江戸時代に入ると極意や秘伝を文章で伝えるようになるが、中世的な価値観が強かった戦国時代では、外部に漏れるのを防ぐため、秘技は口承で伝えるのが一般的だったようだ。千日参籠から戻ってきた卜伝を見た長老は、目付きと所作だけで、卜伝が剣に開眼したことを悟る。一度も剣技を見ることなく卜伝の修業が成功したと判断するのは、書物よりも体験を重視する中世の伝統を踏まえたものだろう。

本作は卜伝の修業がメインになっているが、ラストには鎖鎌の名手・鳥越主馬助との決闘も用意されている。江戸時代になると、互いのプライドを守るため他流試合はタブーとなるが、戦乱が続く戦国時代は、挑まれた勝負を断わると、それだけで敗北したと目されていた。それだけに対決までにもったいぶった手続きがなく、津本も十八番の剣戟シーンに、思う存分筆を振るっている。

鳥越主馬助が使う鎖鎌は、鎌と鎖と分銅で作られた普通の鎖鎌ではなく、棒から延びた鎖に一尺六寸もある千鳥鉄がついた異形の武器である。これに卜伝が太刀一つで立ち向かっていくので、異種格闘技を見ているような興奮が楽しめるはずだ。

直木三十五「宮本武蔵」

直木三十五の「宮本武蔵」は、直木の遺作となった「日本剣豪列伝」に収録された一篇で、日本人に最も馴染《なじ》みの深い剣豪・宮本武蔵を取り上げている。

宮本武蔵と聞けば、誰もが剣の修業を通して、人間としても成長した求道《ぐどう》的な人物を思い浮かべるのではないだろうか。だが、このような武蔵像は吉川英治が『宮本武蔵』で作り上げたイメージに過ぎず、わずか七〇年ほどの歴史しかない。

吉川が大河小説を完成させるまでの武蔵は、食事中の塚原卜伝に襲いかかるも鍋蓋《なべぶた》で防がれてしまう鍋蓋試合や、村人を困らせる大狒々《ひひ》を退治する狒々退治など、講談に登場する荒唐無稽《こうとうむけい》なヒーローに過ぎなかった。藤本斗文の狂言『敵討巌流島』が、武蔵と小次郎が勝負した理由を仇討《あだう》ちとしたこともあり、講談の世界でも、巌流島の決闘は父を殺した小次郎を武蔵が討ち果たした、とされることが多かったのである。

剣が強いことだけは伝わっていたものの、そのほかの来歴がよくわかっていなかった武蔵を、教養小説の主人公に仕上げたのは吉川の独創だが、吉川が『宮本武蔵』を書いたのは、直木三十五が唱えた〝武蔵非名人説〟への解答といわれている。

一九三二年、武蔵が剣の名人であったかに関して、直木三十五と菊池寛が大論争を起こしている。巌流島の決闘で、武蔵が対決の時間に遅れ、敵よりも長い武器を使うなどの計略をめぐらせたのは剣技が未熟だったとする直木に対し、菊池寛は生涯に三十数度の対決を行った伊東一刀斎の倍以上も真剣勝負をしながら、一度も負けていない武蔵を剣の達人と評価したのだ。この論争の最中、吉川英治が読売新聞の座談会で武蔵を擁護した。これが直木の逆鱗に触れ、吉川も直木に批判されることになる。

直木は傲岸不遜《ごうがんふそん》で容赦のない態度で吉川を叩《たた》いたというが、その直木に反論するため、改めて武蔵の研究を開始した吉川が世に問うたのが『宮本武蔵』だったのである。自分の発言が、ライバル作家に歴史的な名作を書かせることになったのは、考えてみると皮肉である。直木が生きていれば、吉川に再反論する作品を書いていたかもしれないが、残念ながら直木は『宮本武蔵』の連載が始まる前年に亡《な》くなっている。

武蔵名人論争ではエキセントリックな言動も目立った直木だが、その緻密《ちみつ》な時代考証はデビュー当時から定評があった。歴史的な事件や人物は、後世の歴史家や小説家によって様々に脚色され、その真実の姿は見えにくくなっている。それは、「鍵屋《かぎ》の辻の決闘」で三六人を斬ったとされている荒木又右衛門《またえもん》が、実際には二人しか倒していないことからも明らかだろう（当初から敵方には一一人しかいなかったので、三六人を斬ることは物理的に不可能なのだ）。直木は、〝講釈師、見てきたような嘘《うそ》を言い〟と揶揄《やゆ》されてきた講談の世界に徹底した時代考証を施し、史実と伝説を峻別《しゅんべつ》することで、より真実に近い歴史小説を書くことを目指した。それは第一作品集の『仇討十種』から、最晩年の「日本剣豪列伝」まで一貫して変わることがなかった。

直木三十五の武蔵批判は、山田次朗吉の『日本剣道史』を参考になされたといわれている。〝武蔵非名人説〟の論点は、長篇小説『宮本武蔵』にまとめられているが、本作では過激な武蔵批判はなく、史料を踏まえて武蔵の実像に迫ろうとしている。

特に、巌流島の決闘以降の事跡や弟子とのやり取りなど、吉川が触れなかった武蔵の晩年が丁寧に描かれているので、新たな発見も多いのではないだろうか。現在の武蔵は、意識的か無意識か、あるいは肯定するか否定するかは別にして吉川の影響を受けているので、吉川のバイアスがかかる以前の武蔵像が分かるのも面白い。

武蔵といえば二刀流で有名だが、直木は武蔵が二刀を使ったのは稽古の時だけだったという。剣を握るのは左手だが、二刀で修練をすると普段は使わない右手も鍛えることができる。直木は、武蔵がいざという時に右手が使えると有利と考えたのは確かだが、それは二刀で戦うという意味ではなかったとしている。その根拠を「竹刀《しない》なんどは軽いから、二本もっても、ぼんぼんやれるが、あれが刀なら、すぐに疲れてしまう」としているところが、時代考証にうるさかった直木らしい。

吉川も『随筆　宮本武蔵』で、武蔵が二刀使いになったのは「後世の浅薄な撃剣屋がその型の派手を見て、その精神を解さず、技巧だけを伝えた」ためと書き、武蔵が二刀で戦ったとする解釈を批判している。同書の中では、やはり二刀説に反対した直木を認めているので、吉川が直木の武蔵論を全否定していなかったことも見て取れる。

五味康祐「真説　佐々木小次郎」

宮本武蔵に続いては、武蔵のライバルとして後世に名を残している佐々木小次郎を描いた五味康祐「真説　佐々木小次郎」である。

吉川英治の『宮本武蔵』は、一九三五年に連載が始まると一大ブームを巻き起こすが、修業によって精神を高める武蔵の思想が、戦争に向かう時代にあって、国民精神を高揚させるという当時の国策にからめ取られたことは否定できない。

太平洋戦争後に日本を占領したＧＨＱは、日本の武道が封建道徳を復活させると考え、徹底した規制を行う。一九四五年一一月には学校で剣道や柔道を教えることが禁じられ、これに従った当時の文部省は、一九四六年に武道の教員免許を無効とする通達を出している。これは時代小説も同様で、捕物帳や人情ものは問題にされなかったが、剣豪小説の執筆だけは固く禁止されていたのである。

こうした剣豪小説受難の時代を乗り越え、一九四九年に戦後初の剣豪小説として発表されたのが村上元三『佐々木小次郎』である。村上は、吉川のように残酷で傲慢な若者ではなく、生を肯定するエピキュリアンとして小次郎を描いた。これは吉川の『宮本武蔵』が体現していた封建的な倫理観を否定するための設定だったのだ。

余談になるが、戦後の武道の復権は、一九四八年にGHQ黙認のもとで開催された剣道大会から始まる。翌年には東京剣道倶楽部《クラブ》が発足しているので、村上の『佐々木小次郎』が書かれたのも、武道公認の運動が高まっていたことと無縁ではあるまい。

そして五味康祐も、吉川的な剣豪像を批判することから作家生活をスタートさせている。五味は、剣の極意を快楽の肯定と言いきる老剣客を登場させた「喪神」で芥川賞を受賞したが、この老剣客は、ストイックに剣の道を進んだ吉川『宮本武蔵』のパロディなのである。代表作の『柳生武芸帳』は、柳生一族を単なる将軍家剣法指南役ではなく、政治的な隠密集団としたが、ここにも剣などはいくら理屈をつけたところで、所詮《しよせん》は人殺しの道具に過ぎないというドライな歴史認識があるように思える。

そして「真説　佐々木小次郎」も、随所に吉川への批判が見られる。そのことは小次郎が青年時代に巌流島で戦ったとする吉川に対し、五味は小次郎老人説を採り、小次郎の秘技を「燕《つばめ》返し」ではなく、「虎《とら》切り」としたことからもうかがえる。

五味は、小次郎が小太刀を得意とした富田勢源から剣を学んだとしている。剣の流派や型にこだわる五味だけに、富田流の太刀筋が細かく描写されていくのは面白い。小次郎が物干竿《ざお》と呼ばれる長剣を使ったのは有名だが、五味は小次郎がどう考えても実用性の低い長剣を使うようになった理由を、師・勢源の勧めであったとしている。なぜ勢源は、弟子に長剣を持たせたのか？　その非情ともいえる理由については、ミステリー的な趣向もあるので、実際に読んで確認していただきたいが、五味は師匠の言葉を最後まで信じた小次郎を、素朴で愚直な人物だったとしている。これも、小次郎を残酷で傲慢《ごうまん》な人物とした吉川への批判と考えて間違いあるまい。

五味は、巌流島の決闘で謀略をめぐらせて勝った武蔵に対し、小次郎は思慮深く高潔に振る舞ったとしているが、勝負とは「負けた者は悪いし、勝った者は常に正しい」世界であるとして武蔵を弁護している。それでいて「小賢しく立廻る者が誠実の人を措いて出世をするのは、現今我々の周囲にもよく見かけることだ。人生で誠実者の無惨に敗北するそういう仕組や比率は、いつの世にもさして変りない」と書いたのは、あまりに功利主義に走る戦後社会に違和感を持っていたからではないだろうか。

綱淵謙錠「刀」

本書の掉尾《とうび》を飾る綱淵謙錠「刀」は、上泉秀綱から新陰流の後継者とされ、柳生家を徳川将軍家の剣法指南役にまで押し上げた柳生宗厳の生涯を描いていく。

時代小説作家は、時代考証にこだわるタイプと、考証以上にストーリーテリングにこだわるタイプに分けられるが、綱淵は明らかに考証型の作家であろう。史料を丹念に読み解きながら、主観を極限まで抑えて弱者を切り捨てる政治の非情を語る手法は、幕府の命令で首切り役人を勤めた七代の山田浅右衛門を描く直木賞受賞作『斬』でも遺憾《いかん》なく発揮されていた。本書も、最新の歴史研究を踏まえながら、柳生宗厳の思想に肉薄していく。その中には「宗厳」を、「むねよし」と読むのが正しいのか、「むねとし」と読むのが正しいのかを調査する過程も含まれている。どうも江戸柳生は「むねよし」、尾張柳生は「むねとし」と発音していたようだが、小さな事柄も貪欲に追いかける姿勢からは、綱淵の歴史に対する真摯《しんし》さが伝わってくる。

綱淵は、柳生宗厳が後に師と仰ぐ上泉秀綱に共鳴したのは、大和の小豪族として足利幕府、三好長慶、筒井順昭、松永久秀、織田信長といった時の権力者に翻弄《ほんろう》された結果だったとしている。仏法をベースにした剣の道を理想とする宗厳にとって、反倫理的な謀略さえも正当化される戦国乱世は、早く終わらせるべきものだった。こうした宗厳の想《おも》いを代弁してくれたのが、「無刀」を追い求めながら、剣を取らねばならない剣豪の〝業〟を克服する道を模索していた上泉秀綱の思想だったのである。

さらに綱淵は、宗厳が徳川家康の庇護を受けることを決めたのも、単に権力を求めたのではなく、家康が国家レベルの〈無刀取り〉を実現できる器量を持っていることを見抜いたからとしている。一介の兵法者でも、平和国家を作る手助けはできると宗厳が悟るラストは、常に敗者の視点から歴史を見てきた綱淵が、誰にも知られず時代を動かしてきた名も無き人々へのシンパシーを表明したように思えてならない。

（平成十八年八月、文芸評論家）

本書は新潮文庫のオリジナル編集です。
収録作の初出は、各篇冒頭をご覧下さい。